Schreiben bedeutet für Georges-Arthur Goldschmidt überleben. Im Schreiben und Übersetzen entwirft er sich selbst, wird er zum Zeugen seines Ichs, das nicht sein durfte, aber schon immer einen großen Drang verspürte, etwas zu erschaffen. In »Die Hügel von Belleville« spricht Goldschmidt, der als Zehnjähriger vor den Nationalsozialisten nach Frankreich floh, erstmalig darüber, was es bedeutete, 1953 als französischer Soldat in der Kaserne von Karlsruhe den Wehrdienst zu leisten. Eine Zeit der Unruhe, in der er über das Sprechen in zwei Sprachen zu sich selbst fand.

Georges-Arthur Goldschmidt, 1928 in Reinbek bei Hamburg geboren, musste als Zehnjähriger in die Emigration nach Frankreich gehen. Er lebt heute in Paris. Für sein umfangreiches Werk wurde er u.a. mit dem Bremer Literatur-Preis, dem Nelly-Sachs-Preis und dem Joseph-Breitbach-Preis ausgezeichnet. Im November 2013 erhielt er den Prix de L'Académie de Berlin. Zuletzt erschien seine Erzählung ›Der Ausweg‹.

Weitere Informationen finden Sie auf www.fischerverlage.de

Georges-Arthur Goldschmidt

Die Hügel von Belleville

Eine Erzählung

Aus dem Französischen von
Georges-Arthur Goldschmidt

FISCHER Taschenbuch

Erschienen bei FISCHER Taschenbuch
Frankfurt am Main, Mai 2018

Die Originalausgabe erschien 2015
unter dem Titel ›Les collines de Belleville‹
bei Actes Sud/Jaqueline Chambon, Arles, 2015
Auf Wunsch des Autors und Übersetzers
weicht die deutsche Ausgabe teilweise
von der Originalausgabe ab.

Satz: Fotosatz Amann, Memmingen
Druck und Bindung: CPI books GmbH, Leck
Printed in Germany
ISBN 978-3-596-70202-2

Vorwort

Diese Erzählung, wie so viele andere, liegt genau in der Mitte zwischen Wahrheit und Erfindung, zwischen Wirklichkeit und Phantasie.

Alles hätte zu jedem Augenblick völlig anders verlaufen können, durch eine winzige Gegebenheit, eine kleine Verspätung, ein anderes Licht, einen Mantel, den man holen geht, einen Bahnsteig, auf dem man wartet, Abertausende von solchen Kleinigkeiten, und die tatsächliche Geschichte wäre völlig anders verlaufen ... Die Nase der Kleopatra usw. Jedes noch so kleine Ereignis ist nur durch Zufall so, wie es ist. Jede Erzählung baut sich immer in solchem Dazwischen auf, es ist, als wäre sie der Versuch, das Verfehlte, das Umgangene wieder einzuholen. Und hier nun soll aus fast einem Jahrhundert Geschichte erzählt werden, nicht unbedingt, wie sie wirklich stattgefunden hat, sondern wie sie erlebt wurde; ein Jahrhundert des absoluten Verbrechens und des Terrors, in dem jeder es früher oder später mit Angst und Schrecken zu tun hatte, vielleicht aber nur ein kleines Vorspiel, von dem der französische Philosoph und Mathematiker Jean-Toussaint Desanti einmal sagte:

»Die Shoah, das war eine liebliche Messe im Vergleich zu dem, was kommen wird.«

Wir sind noch ein paar unerwünschte Zeugen aus der Zeit zwischen 1933 und 1945; uns, die wir auf der falschen Seite geboren wurden, dürfte es eigentlich nicht mehr geben, aber wie man weiß, Unkraut vergeht nicht. Als Unkraut verschont geblieben sein, obgleich man als getauftes »jüdisches« Kind doch spätestens 1944 hätte eliminiert werden sollen, fungiert man immer noch als überflüssiger Esser, der es sich dazu auch noch hat schmecken lassen. Es gibt doch nichts Skandalöseres als solch unerlaubtes Leben. Das hatten die Hitlerburschen bestens kapiert: »Wer leben darf, bestimme ich«, sie dachten, über Leben und Tod entscheiden zu dürfen. Sie alleine waren Menschen und konnten also problemlos Menschen opfern; ob das nicht aus den weitesten Tiefen der germanischen Vorgeschichte kommt? Man kann sich immerhin die Frage stellen, wie konnte es kommen, daß das »absolute Verbrechen« gerade in Deutschland geschah, von Deutschen erdacht? Ob es mit den verfehlten Kindheiten zu tun hat?

Jedenfalls war immer irgendein Gespenst hinter einer deutschen Kindheit her, Angst erregend und verlockend zugleich, sei es doch nur der »gelbe Onkel« oder die Grimmschen Märchen. Eine deutsche Kindheit stand immer unter dem Zeichen irgendeiner Drohung, die zur damaligen großen deutschen Zeit sich als Wirklichkeit niederschlug: Deutsche wurden aus der Heimat verjagt, weil sie geboren wurden und von nun an sich selbst als Last durch die Geschichte trugen.

Wo sie dann auch waren, ob verstoßen oder großzügig aufgenommen, blieben sie für immer Exilierte, sollten sie durch Wahl der Aufnahmenation nun voll angehören, wenn auch nur auf Widerruf. Dennoch, welche Ereignisse es auch seien, besteht der Seinsstoff immer mehr aus den Bildern, den Landschaften, den Menschen und der Geschichte des Landes, der Vertreibung und (mehr) des Landes der Aufnahme.

Bereits als Zwölfjähriger schon wußte man, daß Pétain ein ekler Verräter war und General de Gaulle Frankreich verkörperte. Rebellion, Wachsamkeit und Denkfreiheit bildeten irgendwie ein Fundament des sozialen Einverständnisses in diesem Land, wie auch die wohlklingende Sprachwucht des Hofpredigers von Ludwig XIV., Jacques Benigne Bossuet, in der Versailler Pracht. Wie schon immer war es die innere Opposition zwischen Gehorsam und Widerspenstigkeit, wo das eine oft in das andere überschlagen kann und umgekehrt, wie zur Zeit der Résistance, als die Nazis in vermeintlicher Zivilbekleidung zur Wonne der französischen Kollaborateure die französischen Juden nach Auschwitz brachten. So wurden Menschen, die früher links standen, ehemalige Dreyfusards z. B., Verteidiger der Freiheit und der Menschen, zu Denunzianten und Verfolgern, andere aber, die als rechtsradikal eingestuft wurden, nahmen bei sich verfolgte jüdische Kinder oder Erwachsene und Widerstandskämpfer auf, so gab es pétainsche Dorfgeistliche, die dennoch, ohne zu zögern, Verfolgte versteckten, als die Kirchenhierachie vorsichtig den Blick abwendete. Man selber war unaufhörlich dem Zwiespalt, den man so intim in sich trug, ausgesetzt.

Man hatte die wundervolle, so klangrobuste Sprache in sich, das kräftige und doch oft so zarte Deutsch, das nun nichts anderes mehr als Todesdrohung war, aber auch die andere, die Sprache der Präservation, vertraut schon, so melodisch und subtil, der man sich zu Dank verpflichtet meinte, aber um so lieber las und sprach, das zur Muttersprache gewordene Französisch. Es war Alltags- und Instinktsprache geworden, die man nie gelernt hatte, die einem aber in jedem Augenblick einfach zukam, sei es nur im Schlafsaal, im Lernzimmer, und das man vollkommen, sogar mit Lokalfärbung sprach.

Geburts- und schutzschuldig lebt man im schlechtem Gewissen, mit dem man sich im Laufe der Zeit ein wenig zynisch arrangierte, es galt aber vor allen Dingen, sich nicht aus den Augen zu verlieren, wie es der Romanheld aus dem 18. Jahrhundert *Anton Reiser* doch so großartig vermochte, der seinen Seinskern trotz aller Lebenswidrigkeiten immer in sich gegenwärtig hatte. Dieser Seinskern ist ein ununterbrochenes, wortloses Selbstraunen, das inhaltslos für immer den inneren Heimwehschrei überdecken soll, auf den es unbedingt galt, sich auf keinen Fall einzulassen.

Manche nämlich wurden, wie es der Fall war, von

ganz einfachen anonymen Franzosen unter Lebensrisiko geschützt, so daß man das Wesen des Landes in sich noch eingehender aufnahm. Frankreich nämlich ist auch das Land der »laïcité«, also nicht nur der Trennung von Kirche und Staat, sondern auch der Staat, in dem keiner fragt, ob man glaubt oder nicht, wo jeder denkt, wie er will, jenseits jeglicher Obrigkeit.

Als Jüngling wurde man im Internat sorgfältig erzogen und entsprechend scharf jeden zweiten Freitag mit der Rute gezüchtigt, nach Jesuitenart, bis ins Alter von achtzehn Jahren, um zur Exaltation des Geistes gebracht und zugleich im Zimmer des Erziehers initiiert zu werden. So haben die Liebschaften von Bett zu Bett viele Schüler von einem wahrhaftig tötenden Heimweh erlöst und sind weltgestaltend gewesen. Es war auch die Zeit der ersten Gedichte, als tüchtig gehölderlint wurde, in der einen Sprache und gerimbault in der anderen, die Zeit der Wonne der Tränen, der Dichtung, damals der einzige Ausweg, um nicht von innen vom Kummer ausgeschabt zu werden.

Es gibt tatsächlich solche vielleicht sonderbaren Anhaltspunkte, die zu allem Weiteren öffnen, zur Lebensbegeisterung führen und vor allem zur Wunderbarkeit des Existierens, eine gleichsam erotische Wahrnehmung, die die eigene Körperlichkeit an die der anderen anschließt. So wird man wie überwältigt von der unerreichbaren Nähe jenes anderen, der neben einem sitzt, der näher kaum sein kann und der doch, bis in die Unendlichkeit, entfernt ist, viel weiter in seiner Nähe als alle Galaxien des Universums, die nur Lichtjahre entfernt liegen, wo der andere, man könnte ihn Jahrtausende kennen und alles von ihm wissen, unerreichbar und unersetzlich bleibt wie man selber.

Georges-Arthur Goldschmidt,
Paris im Oktober 2017

Für Joachim Helfer,
den Freund und Schriftsteller

»Unser Leben ist so vergeblich, dass es nur der Widerschein unseres Erinnerns ist.«

François-René de Chateaubriand,
Erinnerungen von jenseits des Grabes

»So lang und grausam waren die, obwohl die weißen dicklichen Hände nicht grausam waren, sondern sanft. Und obwohl er vor Kälte und Furcht bebte beim Gedanken an die grausamen langen Nägel und an das hohe Pfeifgeräusch des Rohrstocks und an das Frösteln, das man hinten unten am Hemd spürt, wenn man sich auszog, war ein Gefühl komischen leisen Behagens tief in ihm drin beim Gedanken an die weißen dicklichen Hände, sauber und stark und sanft.«

James Joyce, *Ein Porträt des Künstlers als junger Mann*

I

Einmal angekommen, muß man, nachdem man an der Gare du Nord umgestiegen ist, auf dem Plan die Militäranlage Charras in Courbevoie suchen. Der fünf Jahre lange Studienaufschub war nun abgelaufen. Man mußte sich dem Militärdienst stellen und bei der Einberufung melden, das war am 17. November 1953 um 14 Uhr. Während der Fahrt von Pontoise nach Paris unter blendender Nachmittagssonne war der lange hohle und leere Vorstadtbahnwagen mit den gelben Sitzbänken abwechselnd von langen Schatten und Lichtzungen in der Form der Fenster durchschnitten worden. Von draußen gesehen war Kellerlicht irgendein Reisender auf der Strecke Pontoise–Paris. Er war sein Selbstzeuge, der Zeuge jenes »Ich«, das ihn seit je begleitete, nie von ihm abließ, ihm überallhin folgte, ihm ununterbrochen seit fünfundzwanzig Jahren den Weg versperrte. Nie hatte er jenes Selbst loswerden können, das immer dabei war, alles wußte und ihn gewähren ließ.

Als er aus dem Bahnhof von Courbevoie trat, neigte sich schon das Nachmittagslicht, etliche andere junge

Leute gingen denselben Weg wie er, verirren konnte man sich nicht, die langen einstöckigen Gebäude mit roten Backsteinsimsen über den Fenstern, das war es also, die berüchtigte Militärlandschaft. Jeder tat, als ginge es ihn nichts an. Seit 1950, schon mehr als zwei Jahren, hatte er ständig Angst gehabt, nach Indochina geschickt zu werden, wo Frankreich sich abmühte, damit sich bloß nichts ändere. Da wurde im Sumpf gekämpft und möglichst stumm gestorben, damit man im Frieden der Salons in der Avenue Bosquet nichts davon erfahre. Diese Furcht stand in ihm wie ein Möbelstück, und die ganze Welt drehte sich drum herum.

Er ging mit den anderen, die Brust von einer Kommode mit Schiebladen, die er in sich selber trug, verstellt. Sie war ihm seit den Internatsstrafen vertraut, sie ließ nicht von ihm ab, man mußte sich lange auf die Strafen vorbereiten, manchmal zwei Tage lang, das Warten lastete dann auf dem Körper und erlöste ihn von dem Heimweh, der den Atem nahm, den Leib zusammenbog und die Seele durchschnitt. Man schrie vor Verzweiflung bei der Vorstellung der Eltern, des hinterlassenen Spielzeugs, der Bäume im Garten.

Eine Unzahl flüchtiger Gedanken, so kurz, daß sie zeitlos erschienen, schwirrten in ihm, überdeckten den einförmigen Hintergrund, das beinahe gleichgültige Gefühl, man werde deportiert. Man mußte sich nur gehenlassen. Man war nur noch ein Ding und konnte sich ganz der sonderbaren Betrachtung ausliefern und vorerleben, was alles auf den militärgrün gestrichenen Korridoren stattfinden würde.

Es war ein weiter, geräumiger Hof, groß wie ein städtischer Platz, überall standen junge Menschen, die wie zum Schutz von Zeit zu Zeit wie Stauden in kurzen Bewegungen zusammenrückten. Zu allen Seiten ein Horizont von Werkstätten und Wohnsilos, zwischen denen sich Landschaftsschneisen öffneten, von überall her überrollte einen das Geratter vorbeifahrender Lastwagen, entfernter Züge oder aufeinandergeworfener Bretter. Man beneidete alle, die da draußen waren. Es kamen einem Vergleiche, die man kaum zu ziehen wagte, alle Eindrücke behielt man für sich. Ihm war es, als sei er ein Mieter auf Wohnungssuche, den er vor Ort begleitete, um ihn bei der Visite nicht alleine zu lassen.

Es kam Bewegung in das Durcheinander der Menge, wie eine dichter werdende Strömung, da, wo Koffer getragen wurden. Kellerlicht hatte keinen, er hatte gar nichts. Dann die Abfahrt mit aneinanderstoßenden Koffern. Man überquerte die Seine auf der Pont de Neuilly. Sie mußten dann unter einem länglichen Gewölbe auf einem unterirdischen Bahnsteig warten. Man plauderte allseits mit gedämpfter, vom Warten beschlagener Stimme und wunderte sich über die grau angestrichenen Metrowagen, die noch niemand gesehen hatte. Zusammengedrängt stieg man ein. Die Metro fuhr sehr schnell, und die Bahnhöfe zogen vorbei wie Lichterketten. Die Unterkellerungen der Gare de l'Est waren ungeheuer breit und riesig. Zementierte Orte für in den Krieg ziehende Armeen, für Kolonnen von Gefangenen oder Deportierter. Es war merkwürdig, in einen solchen »Sonderzug« zu steigen, man konnte wieder auf fast obszöne Weise die mehrere Monate lange Abwesenheit – einige Wochen Ausbildung und dann Faulenzerei – vergleichen mit der Zeit kurz vor der Adoleszenz, denn 1943 wäre er beinahe deportiert worden, der Herkunft wegen, von der er doch nichts gewußt hatte. Er hatte sich an einem hohen Stacheldraht gesehen, wie er die anderen Häftlinge vor lauter Intelligenz und religiöser Inbrunst entzückte: Jesus war sein großer Freund. Ihm war nichts groß genug, und besonders zweifelte er nicht an seiner Erhabenheit, was dann durch unzählige Essensentzüge, dem Knien auf einem viereckigen Lineal und Züchtigungen mit vom Empfänger selbst präparierter Gerte umgekehrt bestätigt wurde.

Der Zug fuhr langsam im Rotgold der untergehenden Sonne um Strasbourg herum, von Rangierbahnhof zu Rangierbahnhof, an verfallenen und verrosteten Militäranlagen entlang, die an 1914 bis 1918 erinnerten, als hätte der Zweite Weltkrieg keine Spuren hinterlassen.

Man war bloß nur noch ein Etwas, fühlte sich aber von den großen Schlachten der Geschichte weggetragen. Zum erstenmal in seinem Leben fühlte sich Arthur Kellerlicht legitim unter all diesen anderen mit demselben Schicksal: achtzehn Monate Militärdienst, er würde der Nation dienen, ein anonymes Schicksal haben. Sie fuhren zur Einkasernierung nach *Casseroue*[1], wie die jungen Franzosen Karlsruhe nannten, und er, den alles Militärische überhaupt anwiderte, hatte auf einmal das Gefühl von Zugehörigkeit: Er gehörte dazu, er stand im Dienst Frankreichs, so verhinderte man die Rückkehr des Nationalsozialismus in Deutschland, diese hübsche Illusion machte alles wieder gut. Der Zug aber hätte auch genausogut von Drancy abfahren können, die letzten Konvois der deportierten und bald vergasten Juden hatten vielleicht auch Strasbourg umfahren.

Der Winter 1953 – 1954 war besonders streng, die Temperatur fiel öfter bis unter minus zehn, morgens stieg eine riesige rote Sonne auf. Man wurde per Lastwagen durch reifbedeckte Landschaften befördert, und am Kaffee der Gulaschkanone verbrannte man sich die Finger, das Existieren war herrlich. Man stand am Munitionslager zwischen zwei Stacheldrahtwänden Wache, es war, als ob die Geschichte einen beim leisesten Geräusch überrumpeln würde. Er war einer der wenigen, die nicht über den Fraß meckerten, gab es Nudeln, suchte er die Tische nach Nachschlag ab. Mit seinem Sold schlug er sich den Bauch im *Foyer de garnison* voll, dem Soldatenheim, Ecke Waldhornstraße und Kaiserstraße, inzwischen eine Pizzeria. Zum ersten Mal in seinem Leben aß er butterschäumende Schnecken in schillern-

1 Kassruh ausgesprochen

dem Gehäuse, zu zwölft auf einer Sonderplatte mit zwölf Aushöhlungen serviert. Noch nie hatte er solch einen feinen Geschmack erlebt. Sie wurden natürlich extra aus Frankreich importiert, körbeweise, die man am Bahnhof, La Banoffe, abholen mußte.

Schon in den ersten Tagen hatte sich seine deutsche Herkunft, wie ein Lauffeuer, verbreitet. Man hatte ihn, der er nicht einmal richtig zu grüßen wußte, bei der Verwaltung vorsprechen lassen; deutsche Bahnbeamte hatten diese feuchten Körbe, aus deren Ritzen glitschige Schnecken herauskrochen, bestaunt und begutachtet. Er hatte übersetzen müssen. In Begleitung eines Unteroffiziers hatte man ihn im Jeep zum Bahnhof geschickt. Ein halb flacher, halb abgerundeter Giebel überragte eine fünffenstrige Fassade, die sich für großes Fahnenhissen und Hakenkreuze bestens eignete. Es war sonderbar, dieses Gebäude so vor Augen zu haben, zu dem sich so viele verängstigte Menschen hatten begeben müssen. In dieser hellen Halle mit einem Gewölbe aus Tausenden von kleinen Glaswürfeln hatten die Juden der Stadt gewartet, die man nach Gurs und dann nach Auschwitz deportierte. Es blieb nicht einmal ein Schimmer, ein Geruch. Keine Spur von Angst, dieser dichtesten aller Materien, kaum eine vage Erinnerung daran, und doch hatte man dort das Gewieher und Gebrülle der Hitlerjungen oder der SA-Leute schallen hören.

Eines anderen Morgens bei einem der ersten Appelle, an denen Kellerlicht teilnahm, als alle strammstanden, sah man die Passanten durch das hohe Eisengitter. Der Unteroffizier verlas die Tagesordnung, auch deutsche Einladungen für französische Soldaten zum zweiten Weihnachtstag. Es galt die Versöhnung, die nach dem Ersten Weltkrieg gescheitert war, wieder in die Wege zu leiten. Es war, als sollten sich die Franzosen für Verbrechen entschuldigen, die sie ja gerade nicht begangen hatten.

Kellerlicht meldete sich als einziger; es lagen mehr als zehn Angebote vor, eins kam sogar von gegenüber der Kaserne, Grenadierstraße. Es war sonderbar, so ins Intimste der Deutschheit zurückgeführt zu werden, als französischer Staatsbürger in Uniform, also in voller Demonstration seiner zivilen und politischen Zugehörigkeit. Es war eine jener Paradoxien, die einem ganzen Leben Richtung geben und die Zwischenzonen des Gedächtnisses wieder hervorbringen.

Hinter einer schweren, eisenbeschlagenen Doppeltür, die auf einen dunklen Eingang führte, lag eine Erdgeschoßwohnung, deren Fenster zur Kaserne hin lagen. Solche Erdgeschoßwohnungen hatten Kellerlicht seit je gewundert, man mußte nur die Mauer zur Seite schieben und man lag im Bett auf der Chaussée mit Nachttisch und schmutziger Wäsche. Wohnen bedeutete für ihn immer Etage oder Garten.

Natürlich staunte man über sein perfektes Deutsch. Ein französischer Soldat, der wie ein Buch sprach, das erklärte er vage mit elsässischer Herkunft, in der Familie würde man seitjeher deutsch sprechen. Er merkte nicht, daß sein spitzes Hamburgerisch, fast messinggefärbtes Deutsch, keinen täuschen konnte. Er verhedderte sich in gewundenen Erklärungen, die er sich für alle Fälle schon lange vorher zurechtgelegt hatte, die alle das kurze Wörtchen verbergen sollten, das ihm die Lippen verbrannte, wie ein Schandfleck, der unvermeidlich den Rest an den Tag bringen würde, die Schuld, die bösen Gewohnheiten, die ihm im Internat immer solche Strafen einbrachten. Er gehörte zu denen, die man gerne stellte, die man gerne hecheln hörte, er war einer von denen, die sich aus Panik gerne auf der Flucht im eigenen Regenschirm verfingen und die man so gerne mit Füßen tritt, er war einer von denen, die man leben lässt, aber schnappen kann, wenn es einem danach ist, und die einem stets zu einem konkreten Zweck zur Verfügung stehen. Es lohnte sich, so ein Etwas anzusehen, wenn es so vor Angst nur noch trippelte, man durfte den Arm gehenlassen und mitten ins Gesicht schlagen und die Brillen schön mit dem Absatz kaputttreten. Man mußte doch nur an 1933 denken.

Was hatten die aus ihrem Erdgeschoß wohl alles gesehen? Hatten sie jemals an die senkrechten Körper gedacht, die da hinter dem Gitter warteten, vielleicht hatten sie sie reden hören oder die Lastwagen vorbeifahren sehen? Wie war es denn diesem französischen Soldaten dubioser Herkunft gelungen, daß er so ungeschoren davongekommen war, jenem Vergasen, von dem die Rede war, jener stummen Schicht, in der es vor Umgekommenen nur so wimmelte.

An diesem zweiten Weihnachtstag war es, als sollte er die Gesten, die Geräusche, die Gerüche und Farben seiner Kindheit wiederfinden. Zehnjährig hatte man ihn von zu Hause verjagt, der falschen Geburt wegen, aber die Weihnachtstage und *Stille Nacht, heilige Nacht* waren in ihm so tief geblieben, daß ihm jedesmal die Tränen kamen; alles war in ihm erhalten geblieben, der Geruch der angebrannten Tannenzweige und erwärmten Kerzen oder der Freßteller voll Zuckerwerk und Lebkuchen. Weihnachten, das war das Auftauchen hinter dem Weihnachtsbaum, die Zukunftslandschaften auf dunklem Nachtgrund.

Es war eine Art ethnologischer Reise in eine Vergangenheit gewesen, die nicht mehr die seine war. Am Tisch saßen die sehr protestantisch und gütig aussehenden anständigen Eltern, sie waren leicht ergraut und hatten bestimmt nicht dazugehört, die Kinder schon erwachsen, Tochter und Sohn, kinderlos: die Wohnung ziemlich dunkel, behäbig möbliert, beleibte Sessel mit integriertem Aschenbecher, die Teekanne mit Tropfenfänger an der Tülle. Alles war solide und schwer, dunkel und sicher.

Es war das betuliche Deutschland, wie es im Märchen steht, als sei es im Niedlichen steckengeblieben, samt Gartenzwergen, Teetrinken und Weihnachtsvorbereitungen. Liebenswürdig wurde er ins Wohnzimmer gebeten, welches durch eine weißlackierte Schiebetür mit eingelassenem Kupfergriff mit dem Eßzimmer verbunden war. Es stand da ein großer mit Lametta, Glaskugeln und Kerzen geschmückter Tannenbaum, dessen Flämmchen ein Flimmern ergaben, aus dem der vertraute Weihnachtsgeruch aufstieg, wie die wiedergefundene Kindheit. Ihm zu Ehren erklang vom Plattenspieler *Stille Nacht, heilige Nacht,* und es kamen ihm wieder einmal die Tränen beim Hören dieser so unendlich sanften, lieben und nun für immer kriminellen Sprache, die sich in allen möglichen Wendungen und verschiedenen Wortschöpfungen so bequem für das Abmorden Unschuldiger, Schuldiger, Mörder, Hochstapler, Menschen leicht gebrauchen ließ, diese herrliche Sprache seiner Kindheit, die er mehr als sieben Jahre lang in sich versteckt, überdeckt hatte, ohne ihr den kleinsten Platz zu lassen, damit sie ja nicht, und sei es nur einmal, aus seinem Mund herauskomme. Sie war aber vollkommen da, fertig, sofort bereit. Anläßlich des Abiturs hatte man ihn damals wieder in die Sprache hineingesteckt, in lauter hektographierte Texte mit manchmal dichten, ellenlangen, würdevollen Wörtern; er hatte davon keine Silbe vergessen, sie steckte in ihm, erschreckend und sanft mit allem Zubehör zum Töten.

Zum Glück schienen seine Gastgeber seine Verwirrung nicht zu bemerken, so daß man in aller Seelenruhe über das Elend und den Horror des Krieges lamentieren konnte, das Unglück Europas beklagen und das arme Deutschland bemitleiden, dem der Führer so viel Böses angetan hatte. »Wissen Sie, junger Mann, wir waren alle, aber alle in der inneren Emigration, wir hatten uns in uns selbst zurückgezogen, um nicht daran teilnehmen zu müssen«, was übrigens kaum die deutsche Kriegsführung gestört haben dürfte. Jeder war ja eben verpflichtet, »seinen Geschäften nachzugehen«, das Petzen und Denunzieren war zum Wesen dieses Landes geworden, ein Tonfall konnte zur Verhaftung führen, jedermann lebte auf Fußspitzen. Und er, Arthur Kellerlicht, sehr wohl beschützt von denen, die für ihn, den sie nicht einmal kannten, ihr Leben riskiert hatten, was hatte er denn gemacht, was verbrochen? Einzig diejenigen, die Angst erlebt hatten, konnten darüber urteilen, so wenig Angst, wie er erlitten hatte, erlaubte ihm wohl kein Urteil. Sie unterstrichen ihre resolute Opposition der ersten Stunde: »Aber was sollten wir denn machen, oder hätten wir uns vielleicht einsperren, nach Osten verschleppen lassen sollen?«

Sogar Straßenbahnfahren war gefährlich, erzählte man. Das hörte er jedesmal, wenn er zu Besuch war beim übriggebliebenen Rest seiner Familie, der nun guten Gewissens in seinen, Kellerlichts Möbeln hauste, in der Umgebung von Kiel, an der Kieler Förde, an jenem langen Einschnitt der Ostsee mitten in der Weidenlandschaft. Man kam da auf weiß gestrichenen Dampfern mit Fenstern und Bänken dahin, quer durch die Förde, wo alte, gekenterte Kriegsschiffe langsam verrosteten. Die Angestellten auf dem Dampfer zogen jedesmal das Anlegeponton heraus und begrüßten die Obrigkeiten, die einstiegen, mit lautem »Guten Morgen, Herr Professor« oder »Guten Morgen, Herr Ministerialdirektor«, Menschen mit Titeln darunter wurden nicht gegrüßt.

Wenn ein Knabe einem Erwachsenen begegnete, hatte er den Arm auszustrecken, den Kopf unterhalb der Höhe des Arms, ein Bückling, und die Mädchen führten ihren Knicks aus, bei dem sie abwechselnd gleichsam im Boden verschwanden und dann in Augenhöhe wieder hervorkamen.

Alles stand in Grün, in der vornehmen Vorstadt unter Eichen und Wind und gepflegten Villen aus den dreißiger Jahren, zu Ehren des Führers gebaut, des allseits so geliebten Führers, zu jeder Gelegenheit allgegenwärtig, der einen nie losließ und den man an jedem renovierten Zaun an der neuen Schranke der neuen Unterführung unter dem Bahndamm spürte. Der Führer, der sich doch in Rußland derart für das Volk aufgeopfert hatte und mit dem die Alliierten so ungerecht umgegangen waren, der doch alles nur zum Wohl Deutschlands wollte und der dafür ganz zu Recht ein wenig Unkraut und Ungeziefer gejätet hatte. Die Drohung war überall zu spüren gewesen und das Konzentrationslager Kaltenhausen ganz in der Nähe.

Durch die Vermählung mit einem Arier, einem Gelehrten, hatte Kellerlichts ältere Schwester versucht, sich aus den Resten ihrer unglücklichen Herkunft herauszuarbeiten. Man war heil davongekommen, hatte aber das Schlimmste befürchtet. Nun galt es, sich zu rehabilitieren, zu zeigen, daß man nicht zu denen gehörte, denn wenn *die* kamen, um Frauen und Kinder zu verhaften und zu vernichten, dann durfte man jene verhaften, die konnten bestimmt etwas dafür, die waren gar nicht so unschuldig wie vorgegeben. Die Familie gab sich Mühe, nicht dafür gehalten zu werden. Beinahe hätten sie zur Erinnerung natürlich nicht die Hakenkreuz-, aber gerne die schwarzweißrote Fahne am Balkon gehisst, was ihnen damals verboten war, weil sie nicht rein arischen Blutes waren. Diese Zeiten waren nun endlich vergangen, und die schöne Flagge der jungen Bundesrepublik war zu selbstverständlich, um gehisst zu werden.

Was ihm durch Mischehe an Familie geblieben war, hörte nicht mit ihrem Protestantismus auf zu schwören, und keine Mahlzeit fing an, ohne gesenkten Blickes und ohne »Du lieber Jesus, segne, was du uns bescheret hast«. Ja, die Verfolgung der Juden und Zigeuner, was hatte man denn damit zu tun!

Vor sich sah er einen schwarzen Mantel und hörte einen Spazierstock und etwas auf dem Bürgersteig wegrutschen und eine Ladentür zuschlagen, am Tag, als man seinen Vater nicht bedienen wollte, ein Herr, der Hut mit Sturmband trug.

Im Ohr hatte er noch das Klirren der Glastür, der Blick auf seinen Vater gerichtet, er fühlte dessen Demütigung, als ob sein ganzes Leben damit in Frage gestellt geworden wäre, vor ihm noch die geweiteten Augen: Alles war möglich. Man hatte sich derart geschämt, und jetzt wurde behauptet, man gehöre nicht dazu.

Nun war er wieder ganz bei seinen Weihnachtsgastgebern, sie sprachen von der Misere in Deutschland, aber nicht von all den Deportierten. Was hätten sie, die so zuvorkommend und liebenswürdig waren, bei diesem Spektakel wohl denken können? Vielleicht hatten sie wie jedermann getan, als wüßten sie von nichts. Kellerlicht fühlte ihre Sympathie, dennoch traute er sich nicht, seine »falsche Geburt« zu gestehen. Es war gerade die Rede von den DP, displaced persons, den Ausgebombten oder den Flüchtlingen, die immer ein wenig vorgebeugt und besorgten Blickes auf der Suche nach der Bahnhofmission umherirrten. Kinder mit Schildern um den Hals standen auf den Bahnsteigen, die man dann zu den richtigen Sammelstellen brachte und nach Bayern schickte, um sie wieder aufzupäppeln.

Seit dem (unglücklichen) Ende des Krieges, im Mai 1945, gab es immer wieder Heizungspannen. Aber da man voll beim Wiederaufbau war, hatte man den schönen Golfplatz, der sich sanft unter dem Rauschen der hohen Bäume bis zum Meer erstreckte, angeschnitten und für die Flüchtlinge aus Mecklenburg, Brandenburg oder Ostpreußen im Hitlerstil Villen gebaut. Zum Glück hatte man dabei die KL vergessen, von denen jeder aber genauestens wußte.

Im Oktober 1945 wurden alle deutschen Bewohner der von Polen oder Rußland annektierten Gebiete aus den von den Westmächten okkupierten Zonen vertrieben. Die Zeitungen, wie die *Kieler Nachrichten* mehr oder weniger von den Neo-Naziparteien absorbiert, veröffentlichten fast täglich Fotos von Menschen, deren Blicke ins Leere starrten, genau wie auf den Fotos von der Befreiung Buchenwalds. Beim ersten Anblick schien ihre Haltung fast natürlich, sah man aber genauer hin, waren sie wie ein wenig verschoben, die Schultern hängend in Angst verschlossen, gekrümmt auf Strohkoffern sitzend, die mit einer Eisenstange und Vorhängeschloß gesichert waren. Die Frauen zogen die überladenen Blockwagen; ihm kam wieder das Bild seiner Mutter in den Sinn, wie sie auf Knien den Korbkoffer auf- und zumachte – und immer dasselbe Quietschen, wenn sie etwas reinsteckte und wieder herausnahm in der verzweifelten Hoffnung, daß der Abschied doch nicht kommen würde.

Für immer von zu Hause verjagt, sehen die Exilierten noch das hellgrüne Schimmern der Birken am Rand der langen, geraden Straße verblassen, sie gehen unbekannten Städten entgegen. Auf fast allen Fotos sind sie vor kartoffelsackhohen Leiterwagen gespannt, auf denen kleine Möbel, Fahrräder und Koffer gestapelt sind. Andere Flüchtlinge tragen mehrere Säcke zugleich, Standuhren, Bilder, man hat mitgenommen, was man nur konnte. Das ganze Elend und Entsetzen der Welt zieht auf diesen Bildern vorbei. Die Zeitungen brachten Luftaufnahmen von Ende 1945, auf denen man die mehr oder weniger ununterbrochene oder schmalere, dunkle Linie der Flüchtlinge erblicken konnte, die wie andere vor ihnen der Geburt wegen aus ihrer Heimat vertrieben wurden.

Zehnjährig wurde er ins Exil geschickt mit ähnlichem Korbkoffer, der einige Jahrzehnte später verlorenging. Und plötzlich ergriff ihn die Erinnerung an die Kofferstange, den kleinen bronzenen Duomo von Florenz, den der größere Bruder ihm zum ersten Weihnachtsfest in der Fremde geschenkt hatte, ein Weihnachten ohne Tannenbaum in Settignano, von wo er den wahren Duomo im Abendlicht sehen konnte, so wie er da stand.

Der Campanile war mit dem Duomo durch eine kleine bronzene Stufe verbunden, und es hatte ihn entzückt, mit dem Finger vom gerippten Rundlichen der Kuppel auf das Schmal-Senkrechte des Campanile zu gleiten.

Man wußte sofort, wo die Flüchtlinge wohnten, an den vielen Klingeln übereinander an der Tür des kleinsten Hauses, sie waren alle verschieden, rund oder viereckig, klein oder groß, alle mit einer kleinen Folie mit Namen drauf. Die Privilegierten hatten es sich gleich aufgedruckt, bei den meisten stand der handgeschrieben direkt auf der Klingel. Ihre Kinder fuhren Roller und sprachen spitz, alle strohblond. Eine Familie pro Zimmer, und es roch nach Bratkartoffeln und manchmal Zigarre. Die Flüchtlinge erzählten alle die gleichen Vergewaltigungsgeschichten von Kalmücken oder anderen Sibiriern, meistens Tatsachen. Die Flüchtlinge waren zu bemitleiden, sie hatten wirklich alles verloren, aber, im Gegensatz zu gewissen anderen, hatten sie nicht ihr Leben verloren.

Unterhalb, fast wortlos, jene andere Erinnerung, von der Deutschland nichts wissen wollte, von der man sich nicht zu reden traute, die aber auf allen Lippen lag, da doch jeder jedenfalls von den Konzentrationslagern gehört hatte, aus denen es kein Zurück gab, und dahinter noch jenes Unbenennbare, jenes absolute Verbrechen, das als solches gewollt war und das, jeder wußte davon, mit den Kindern angefangen hatte. Die Angst hatte sich überall eingeschlichen, man konnte nichts ohne Bedrückung machen, sie, die Angst, wurde zur Substanz überhaupt, aus der jeder bestand und die manchmal in Begeisterung für den doch so geliebten Führer umschlug.

Draußen, über dem nun beleuchteten Kasernenhintergrund, trieb der Wind die Wolken, die ineinanderzutreiben schienen; die Kronen der Bäume streckten sich unter den Böen und schnellten abwechselnd zurück. Es war sonderbar, einen Kameraden vom Militärdienst über die Straße hinweg zu erkennen, der hinter dem Gitter durch den Kasernenhof ging. Und währenddessen gab sich Kellerlicht als Deutscher, damit man ihn entschuldige, immer noch zu existieren und dann auch noch Franzose geworden zu sein. Er brauchte nicht mal viel zu erfinden, die Wirklichkeit hatte alles schon vorrätig, sie hatte aus ihm einen Protestanten jüdischer Herkunft gemacht, einen französischen Deutschen. Seine Gastgeber hatten bestimmt alles verstanden, ein Franzose, der derartig gut Deutsch spricht, der konnte doch nur falsch geboren sein.

Und auf einmal, ohne daß er es erwartet hätte, ergriff ihn das Heimweh, das durch die Kehle nach unten in die Brust drückte: Alles war da, das Haus, die Stimme der Mutter, das Einklinken der Tür zum Herrenzimmer des Vaters. Er war zugleich ein französischer Soldat und ein Deutscher schlechter Herkunft.

Zum Glück überwog das Groteske. Er fühlte sich wie wurstartig in sich selber nachgefüllt und irgendwo aufgehängt. Zwischen Lachen und Kummer streckte er die Beine unter dem schweren Eßtisch aus altem Eichenholz aus und hörte sich den Höflichen spielen, vom Elsaß reden, das er nicht kannte, er war nicht einmal so ein Profiteur der doch so schönen Kriegszeiten gewesen, er freute sich, auf der Welt zu sein, weißer Neger, Jude-Christ, Speck und Schwein, vor Scham kochte es ihm im Sitzen. Wieder einmal überkam ihn die Seinsscham, pariert wie ein Braten, eingepackt, auf den Richtpflock geklatscht, wird er aufgepickt und triumphierend durch die Straßen getragen. Er saß da, füllte sich mit Schokoladentorte und belog seine Gastgeber, erfand sich anglo-elsäßische Verwandte und beschmutzte Frankreich, wo doch andere, völlig Unschuldige die Angst, das Lager und den Tod gekannt hatten.

Wie eine Krankheit, die er in sich trug, eine Krankheit aus Gerüchen, Stimmen und Geräuschen, befiel ihn alles in diesem wohlig warmen, holzgetäfelten Wohnzimmer, beim Klappern der Tassen und dem leichten Sirren der Drehplatte mit dem Schokoladenkuchen. In ihm durchkreuzten sich Stimmen und Bilder, die er los zu sein glaubte. Die Gastgeber erzählten ihm von den so schweren Zeiten, und er in seiner Einfalt glaubte, daß sie von Adolfs Zeiten sprachen, aber gar nicht, von den fürchterlichen Jahren der Nachkriegszeit war die Rede, als man so gelitten und verzweifelt etwas zu essen gesucht hatte. Es gab nichts mehr, aber wirklich nichts mehr. Man schickte die Kinder Kohlen am Bahndamm suchen. Man stellte sich auf das »Organisieren« ein: zwölf Eier gegen einen Stuhl oder einen Schrank für ein Pfund Butter, die Trümmerfrauen sammelten Briketts im Schutt. Ganze Wälder hatte man zum Heizen abgeschlagen; in den Personenwagen hatte man die Lederriemen, mit denen man die Fenster auf- und zuzog, abgeschnitten, um daraus Streichriemen zu machen. Das wollte man alles lieber vergessen.

Diesen lieben Menschen tat es um Deutschland leid, und doch wußten sie, daß man die sogenannten schwachsinnigen Kinder im Dritten Reich euthanasiert hatte: »Ja, das war alles so furchtbar.« Die Juden war man schon los. Nicht mehr daran denken! Kellerlicht konnte noch soviel von den jungen Menschen der *Weißen Rose* reden, das sagte seinen Gastgebern nur wenig. 1943 hatten diese von der oberen Innengalerie der Münchener Universität ihre hektographierten Flugblätter heruntergeworfen. Darin zeigten sie mit Entschlossenheit die Verbrechen Hitlers auf und brandmarkten die Passivität der Deutschen, die sich gleichsam lüstern dem Schlimmsten hingaben: »Nichts ist eines Kulturvolkes unwürdiger, als sich ohne Widerstand von einer verantwortungslosen und dunklen Trieben ergebenen Herrscherclique ›regieren‹ zu lassen. Ist es nicht so, daß sich jeder ehrliche Deutsche heute seiner Regierung schämt, und wer von uns ahnt das Ausmaß der Schmach, die über uns und unsere Kinder kommen wird, wenn einst der Schleier von unseren Augen gefallen ist und die grauenvollsten und jegliches Maß unendlich überschreitenden Verbrechen ans Tageslicht treten? Wenn das deutsche Volk schon so in seinem tiefsten Wesen korrumpiert und zerfallen ist, daß es, ohne eine Hand zu regen, im leichtsinnigen Vertrauen auf eine fragwürdige Gesetzmäßigkeit der Geschichte das Höchste, das ein Mensch besitzt und das ihn über jede andere Kreatur erhöht, nämlich den freien Willen, preisgibt, die Freiheit des Menschen preisgibt, selbst mit einzugreifen in das Rad der Geschichte und es seiner vernünftigen Entscheidung unterzuordnen – wenn die Deutschen, so jeder Individualität bar, schon so sehr zur geistlosen und feigen Masse geworden sind, dann, ja dann verdienen sie den Untergang.«[2]

Sie wurden vom Universitätspedell denunziert und am 22. Februar 1943 hingerichtet. Deutschland, das waren sie, durch sie hätte Deutschland vielleicht überleben und wieder einen Platz unter den Nationen finden können.

Kellerlicht hatte Deutschland zehnjährig verlassen, 1938, und alles in sich behalten, bis ins kleinste Detail, alle Räume des Hauses, die Bäume im Garten, bis zum

2 Aus: Inge Scholl, *Die weiße Rose* (Drittes Flugblatt)

Raster, das die Äste vor dem Himmel zeichneten, er hatte die Last der Zugehörigkeit zu dem riesigen stadtgefüllten Horizont seines Landes gefühlt, die einem das Innere des Körpers schwer machte und überall nur die Heldentaten des Regimes suchen ließ: Neubauten, renovierte Chausseen oder Fotografien von behelmten Soldaten, die Fahnen schwangen wie die Bleisoldaten, die der Marschall Mackensen mit Totenkopfsacko auf seinem unbeweglichen Pferd befehligte. Wenn man ihn aus dem Sattel abnahm, blieb der Bleimarschall mit gespreizten Schenkeln hängen. In jeder Straße heizten kackgelb uniformierte Gauner die terrorisierte Begeisterung der Bevölkerung an. In den Schulen herrschte der gelbe Onkel:

Von Birken eine Rute,
Gebraucht am rechten Ort,
Befördert oft das Gute
Mehr als das beste Wort.

Und die Schüler sprangen beim Wort Hitler alle auf und grüßten deutsch.

Und da saß er nun inmitten dieser deutschen Familie, im Weihnachtsgeruch, und wußte, daß er illegitim war: Er würde aber auf keinen Fall ein Geständnis ablegen. Die Internatsleiterin hatte es ihm damals, 1943 immer wieder gesagt, obgleich er evangelisch war und sie seinen Taufschein gesehen hatte: »Sie haben den Heiland getötet«, und sie strafte ihn entsprechend am Fenster, das sich zu den Bergen hin öffnete, und es kochte in ihm auf Hüfthöhe noch stundenlang.

Auf der Landstraße längs der Felder und ferneren Häuser mit den vertrauten Gärten hatte er Lastwagen mit kackbraunen SA-Männern und hinter ihnen Zivilisten in zerknitterten, abgeschabten Kleidungen gesehen, er hatte sofort gewußt, daß man sie ins Konzentrationslager fährt, diese Lager, von denen jeder seit 1937 wußte, daß es sie gab. Man konnte es sich genau vorstellen: Von Dorf zu Dorf wurden die Bordwände heruntergelassen und die Gefangenen hinaufgezwängt. Angesichts dessen wurde alle Sprache stumm: Es gab kein Wort dafür.

Wie dem auch sei, man hatte sich soviel Mühe für ihn gegeben, man hatte Baumkuchen und Schokoladentorte für ihn gebacken, man hatte auch besonders schön gedeckt. Wie könnte er sich anmaßen, sie zu beleidigen. Es sind immer die am wenigsten Schuldigen, denen man die großen Verbrechen zur Last legt.

Die Anfangsmanöver des Militärdienstes verliefen eher behutsam, nur ab und zu, und klappten nur selten, in den Lastwagen saßen sich die Rekruten auf Bänken gegenüber und die, die hinten rausguckten, sahen die Bürgersteige verschwinden und die Hecken und Zäune der sich ausbreitenden Landschaft.

Alles war wie vor Frost erstarrt, wie zusammengeschrumpft, und die Zweige der Bäume schienen sich vor dem Himmelshintergrund zu verdünnen. Der Umraum weiter vor der Plane war um so präziser, als das Tuckern des Motors den eigenen Körper zurechtrückte und begrenzte. Von all diesen jungen Menschen, die da mit ihm zusammensaßen, wußte er nichts und würde weiter nichts von ihnen wissen, nie würde er wissen, wie es sich in ihnen anfühlte, wie sie in sich selbst waren, das erfüllte ihn mit Ehrfurcht. Der Körper war gedankenlos und wartete auf die Empfindungen beim Vorbeiziehen der graubraunen Tannen, die am Rand der Schlucht standen; dann kam die spitze, eisige Berührung mit dem Schnee und suchte die Gesichter der anderen Rekruten, die da im Schnee lagen, jeder versuchte im Gesicht des anderen zu lesen. Man konnte sie kaum Soldaten nennen, die dicken Mäntel schützten vor der Kälte. Das im Frost erstarrte Gras stach in Büscheln aus dem Schnee hervor.

Nach und nach erleuchtete die aufgehende Sonne den in Myriaden von Tropfen zerstiebenden Nebel; darüber stand auf einmal ganz still die fahle Kette der Vogesen, die im Sonnenschein näher zu rücken schien. Man hätte damit ein Geschichtsbuch für die Schwarzfahrer der Geschichte illustrieren können.

Beim Trompetensignal standen alle Rekruten auf und schüttelten den Schnee von ihren Mänteln ab, eine vielfach wiederholte Bewegung in der dunklen Apfelbaumlandschaft auf weißem Boden vor blauem Hintergrund.

Wieder einmal ertappt man sich, wie man so dasteht,

die wunderbare rundliche Wärme des Kaffeebechers in der Hand. Kleine flüchtige Eindrücke, die einen durchschwirren: Bahnhöfe im Regen, der vertraute Garten, den man auch von der Schönningstedterstraße her kannte, das von Bergen umringte Wolkenmeer, eine zeitlose Mischung, ein Augenblick lang, in dem alles auf einmal stattfindet, Bilder übereinanderliegen, sich nichts aber verwirrt.

Es waren seine ersten Dienstmanöver in der Umgebung von Wintersdorf während der französischen Besatzung, gegenüber des Elsaß. Er ist der merkwürdige Zuschauer einer umgekrempelten Geschichte in der Uniform des Siegers, wo er doch selbst aus dem besiegten Land kommt, diese beiden entgegengesetzten Epochen vermischen sich auf uneigentliche Weise. Trotz seines Militärpasses, seiner Naturalisierung, seiner französischen Sprache, seiner französischen Seele und seinem Denken war Kellerlicht doch ein wenig deutsch, ernährt mit Kartoffelsalat und Armem Ritter und mit Max und Moritz und Gotik. Er trug immerhin die Uniform eines Landes, in dem fünf Menschen ihr Leben für einen unbekannten, verpissten, gefräßigen und verlogenen Jüngling aufs Spiel gesetzt hatten. Seitdem hatte er alle Erkennungszeichen parat, alle Lebensarten, alle Gewohnheiten, die breiten Straßen, die mit Marmorvasen dekorierten Parks, wie er sie auf den Stichen aus dem siebzehnten Jahrhundert gesehen hatte, die seine Schulbücher schmückten.

Seit seiner Ankunft im März 1939, im Schneegestöber, auf seinem Savoyer Hochplateau, war ihm Frankreich wie ein Ausgehanzug erschienen, mit seinen schönen Palästen und hohen Kathedralen. Jeder übrigens kannte seine Herkunft, keiner aber war ihm darum böse. Ihm selber zum Trotz stammte er nämlich auch aus diesem Land, obgleich Franzose, blieb trotzdem ganz unterhalb der Seele ein Geruch, ein unbestimmtes aber beständiges Brutzeln; das ließ einen nicht los. Seine Herkunft hatte er seinen Kameraden keineswegs verheimlicht: deutsch mit sehr entfernten jüdischen Ahnen, aber evangelischen, wenn nicht katholischen Glaubens, während der Okkupation verfolgt und nach der Befreiung Frankreichs naturalisiert, das hatte niemanden gestört, im Gegenteil, man bezeugte ihm Sympathie. Man sagte sich, er könne dem Regiment zu Diensten stehen, er würde übersetzen können und für manche Rekruten auch wegen der Zigaretten oder der geschmuggelten Fotoapparate, er war bequem und nützlich bei Geschäften. Das Schönste war, man hatte ihn ernst genommen, sogar der Oberst hörte ihm beim Übersetzen zu. Seine Lächerlichkeit schüttelte ihn, die Uniform mit ihm darin, das war einfach grotesk. Vor Scham fühlte er die eigene Leiblichkeit aus sich herausragen.

Ihm, der Ausländer in Frankreich gewesen war, verlieh nun seine französische Nationalität etwas Senkrechtes, fest Eingepflanztes, eine sichere Behaglichkeit, er war nicht mehr einer aus Deutschland. Auszureißen, zu desertieren kam ihm kein einziges Mal in den Sinn, er war auch sicher, daß man ihn sehr schnell kriegen würde, ertappt bei Unerlaubtem. All die seiner Art, seiner Herkunft trauten sich nicht zu so etwas. Die Hepp-Hepp-Jagd könnte sehr wohl die Straße runterkommen, die Juden wissen nur zu gut davon. Wieso überhaupt? Man ließ sie doch wieder leben, keiner krümmte ihnen mehr ein Haar. Hinter seinen Kameraden war er geschützt, er war einer unter vielen und würde nicht auffallen.

Sein Körper, der eigene Platz in ihm selbst, da, wo er sich existieren fühlte, lehnte sich ganz zur anderen Seite, sein Inneres richtete sich nach links, als ob die Landschaften, die sich in der Einbildung auf einmal öffneten, alle zur selben Seite gingen, zur Île de France, und so wurde das Savoyen des Kummers und des Terrors ausgelöscht; hellgrüne Pappeln reihten sich vor blau aufdunkelnden Hügeln auf. Pontoise kam ihm immer wieder ins Gedächtnis und immer von derselben Stelle aus gesehen.

Auf dem holprigen Rückweg aus dem Manöver, das Gewehr zwischen den Knien, eingeklemmt zwischen den Mantelteilen, die er versuchte zu lüften, um bequemer zu sitzen, kamen ihm die Bilder aus *L'Ami Fritz* von Erckmann-Chatrian in den Sinn, sonnige, steile Wiesen voll blühender Kirschbäume und ein sich schlängelnder Hohlweg, der zur Stadt herunterfuhr, deren Giebel man hervorragen sah.

Am 20. Juli 1954, nach dem Desaster von Dien-Bien-Phu, war der Waffenstillstand endlich unterzeichnet worden, und man lief nicht mehr Gefahr, nach Indochina geschickt zu werden. In Gegenwart der sichtbar betroffenen, wenn nicht traurigen Offiziere atmeten die Rekruten auf, und Kellerlicht fühlte nicht mehr den Griff der Angst. Alles wurde zum Geschenk, ein Sonnenuntergang, eine vom letzten Abendrot erleuchtete Kasernenmauer.

Im Januar hatte es in einer kristallenen und schneeknirschenden Frostnacht bei einer Übung einen Unfall an der Spitze der Kolonne gegeben und einer der führenden Unteroffiziere, der da im Schnee wie alle anderen stand, befahl ihm, bis ganz nach vorne an den langen Lastwagenkolonnen entlang zum befehlenden Oberstleutnant zu laufen, um die Ausführungen der deutschen Beteiligten am Unfall zu übersetzen, er solle auch die deutsche Straßenpolizei benachrichtigen.

Von Plane zu Plane blickte man ihm nach, und er ließ sich von der hellen Schneewächte leiten, den Flanken entlang der Laster am steilen Abhang, eingeschlossen in der Dunkelheit. Er hatte das alberne Gefühl, wichtig zu sein. Zur Rechten eine kurze Häuserfront, ein Dorf, dessen niedrige Häuser sich entlang einer unsichtbaren Linie aneinander aufreihten, helles Licht erhob sich über den Dachfirsten. Er mußte über eine Böschung, der Abhang war schluchtartig steil, und auf einmal befand er sich mitten auf der Dorfstraße, vor dem Leuchtschild Gasthaus *Zum Hirschen.* Die Gaststätte war mit einer schweren Wiederaufbautür ausgestattet, aus schwerem, poliertem hellen Eichenholz mit Kupfergestänge und rundem buntem Guckfenster. Es waren Türen des Erfolgs und der seelischen Erleichterung. Keine Rede mehr von alledem, die Ostfront war weit weg in der Erinnerung.

Die Gaststätte war üppig, beruhigend, golden tapeziert, man konnte endlich mal wieder profitieren. Nach den furchtbaren Nachkriegsjahren hatte sich Deutschland einigermaßen erholt, war also glimpflich davongekommen, und das nur acht Jahre nach dem Zweiten Weltkrieg und Hitlers Todesfeiern. Alles schien friedlich und ruhig, als sei nichts passiert. In der nahen Umgebung lag eines jener Krankenhäuser, wo man die Euthanasie der Kinder und des »lebensunwerten Lebens« praktiziert hatte. Jeder wußte das schon 1938. Das mußte geschehen zum Wohle des Volkes. Die Familien erhielten eine Urne mit der Asche ihrer lieben Heimgesuchten und den (gedruckten) Beileidsworten des lokalen Gauleiters.

Kellerlicht hielt seine Maschinenpistole am Gurt und wunderte sich, wie leicht sie zu handhaben war, nichts schien natürlicher, es fühlte sich angenehm an. Am Schießstand hatte er sogar den kurzen Aufprall des Gewehrs gemocht, das Knallen hatte ihn gewundert, aber nicht erschreckt, da war man Raum- und Knallherr, man brauchte nur das Ding zu halten, töten war so ganz einfach: und wieder, unerwartet, das Vergangene: Man brauchte nur die Türklinke zu drücken und man erschien sich selbst im kurzen Strafhemd, die Augen noch voller Tränen, dem leeren Saal wie dargeboten, die riesige Last des Gebäudes um sich herum, genußvoll ließ man dann die Riemen der Peitsche über das Gesicht fahren.

Jetzt aber war er im staatlich Garantierten kaserniert, ohne Alltagssorgen. Er war befreit von dem Druck in der Brust, von jeder Einengung, es ging nicht um ihn, es war ihm behaglich, als *go between* zu fungieren: zwischen einem Militärkonvoi der französischen Besatzungszone und dem vielleicht verwundeten Fahrer eines deutschen Goliath.

Und dann der seltsame Übergang von einem zum anderem, von Nacht und Frost in das sanfte mollige Licht, in den warmen Raum zu den schneeweiß gedeckten Tischen, alle Gäste sichtbar auf einen Schlag, alle zusammen, in einer tausendstel Sekunde sämtliche Einzelheiten da, so saßen die Freitagabendgäste, die es sich im neuen Wohlstand schmecken ließen: Die dunklen Tage nach 1945 mit all ihrem Schrecken, als man Adolf so sehr nachtrauerte, die waren nun endlich vorbei. Natürlich vergewaltigen all diese Marokkaner und Senegalesen der französischen Armee doch unsere Frauen und Töchter; vorher, unten in der Ebene, in Karlsruhe hatte es diese Bombardements gegeben, die die Stadt völlig zerstört und ausgelaugt hatten, und hier, in den Dörfern, hatte man solche Angst vor den Beschlagnahmungen gehabt, Sie wissen doch. Die Franzosen, die klauen alles, nehmen alles weg, fällen alle Fichten und Tannen unseres so schönen Schwarzwalds; obwohl wir, die Deutschen, doch Europa nur den Frieden bringen wollten. Wir wollten euch doch nur Gutes. Ja allerdings hat es einige Plünderungen gegeben, und ja, die SS hat ein wenig hingerichtet, hat aber dagegen den lokalen Bevölkerungen sehr geholfen, fragen Sie die mal!

Direkt vor Kellerlicht befindet sich die schwere goldbeschlagene Ebenholztheke mit den blitzenden Bierhähnen und dem Zubehör. Um zu zeigen, daß man es mit der Allmacht der Besatzungsautorität zu tun habe, hielt er die Maschinenpistole am Lauf, und zum Spaß zielte er von einer Ecke zur anderen. Eine Panik zeichnete sich ab, alle Köpfe verschwanden mehr oder weniger schnell unter den Tischen, und dabei fiel manches Geschirr zu Boden, es schlugen die Bestecke gegen die Teller. Mit der anderen Hand nahm er seinen Helm ab, und indem er sich der Theke näherte, hinter der eine üppige, goldbereifte, breite dirndlbekleidete Frau stand, schon zum allerletzten Opfer bereit, führte er den perfekten Bückling eines jungen Mannes aus gutem Haus aus und fragte mit heller, aber entschlossener Stimme: »Guten Abend, gnädige Frau, darf ich von hier die Straßenpolizei anrufen?« Die Gäste, zuerst wie vor den Kopf geschlagen, bald aber wieder beruhigt, nahmen ihre, einen Augenblick vom Schrecken unterbrochene, zufriedene Gasthausunterhaltung wieder auf und gaben sich ihren butterduftenden Maultaschen hin.

Alles stellte sich sofort wieder ein, die Unterhaltungen, die behagliche Gemütlichkeit setzte wieder ein, man hörte von gepflegten Vorgärten, geheizten Garagen und Italienfahrten. In dieser so deutschen Schwarzwaldgaststätte fühlte er sich unpassenderweise mehr als Franzose, als er dürfte, im Schutz seiner Uniform und in der Deckung einer Vergangenheit, die nicht die seinige war. Von den Deutschen gesucht, seiner Herkunft wegen, hatte er mehrere Menschen äußerster Gefahr ausgesetzt, die seinetwegen hätten deportiert oder erschossen werden können. Es hätte genügt, sich zur Kommandantur seines Alpendorfes zu begeben und sich auszuliefern, »Da bin ich«, statt andere einem solchen Risiko auszusetzen, man hätte ihn deportiert, na ja und? Millionen andere hatte es erwischt, die nicht schuldiger als er waren, der sich nun auf Kosten der französischen Armee den Bauch vollschlug.

Einem der französischen Militärfahrzeuge hatte ein Rücklicht gefehlt, und ein kleiner dreirädriger Goliath war hineingefahren und umgekippt, der Fahrer wurde schwer verletzt und hörte nicht auf zu rufen »Die Franzosen, kein Licht, die Franzosen kein Licht«, eine Art Deutsch-Französisch, um verstanden zu werden. Da die LKW-Fahrer für das Material verantwortlich waren, verhielt sich Kellerlicht feige und opportunistisch, er übersetzte nicht, was der verwundete Goliathfahrer sagte, um seine Kameraden nicht zu kompromittieren, und sowieso hatte die französische Armee immer recht.

Er wußte aber genau, daß der deutsche Goliathfahrer nichts dafürkonnte und daß er, je nach Übersetzung, sehr wohl seine Stelle verlieren konnte.

Das alles war in der Müdigkeit des Nachtmarschs geschehen, die um der Ordnung der Dinge willen nicht gestört werden durfte. Später dann in der Dunkelheit auf seiner Bank, die Maschinepistole zwischen den Knien, wurde er bei jedem Ruck gegen seinen Nachbarn gestoßen, von dem er nur Lichtreflexe auf dem Helmschirm sah, und ihm kamen Visionen der Unterwerfung und der Einwilligung, mit der er doch damals den Befehlen nachgegeben hätte, so wie er in der Gruppe eingeschlossen war, die er nicht verlassen konnte. Was hätte er zu anderen Zeiten wohl getan, so um 1944, allein als Mitglied der HJ, und in welches Lager hätte man ihn denn zur Aufsicht geschickt, wenn Deutschland ihn nicht ausgekotzt hätte?

Zusammen mit ihm saßen im LKW Brillet, Charnottet, Tosserand, Hamlaoui, Luquet, seine Zimmerkameraden, die er jeden Tag sah, wie sie jeder unverwechselbar sie selbst waren, in Selbstbegleitung genau wie er, wie er jeden von ihnen kannte: Stimme, Haltung, mit allem, was ihn unersetzlich machte, als derjenige, der er war; und die Kameradschaft erschien plötzlich als etwas Inbrünstiges, Mächtiges und Furchterregendes.

Er hatte das Glück gehabt, auf der Seite derjenigen geboren zu sein, die angeblich nichts verbrochen hatten, aus purem Zufall war er auf der guten Seite, der Opferseite, er konnte sich dessen brüsten, daraus konnte er Profit schlagen, man konnte Großzügigkeit vorspielen und sie von den anderen erwarten.

Er gehörte zu den Gerechten, ohne irgend etwas dafür getan zu haben, er hatte von der Hingabe und dem Mut anderer profitiert, er, der doch zu nichts gut war, jede Nacht das Bett vollpinkelte und die Matratzen ruinierte. Alle Teller, Schüsseln oder Tassen, die er kaputtgeschlagen hatte, das alles mußte seine Wohltäterin bezahlen.

Im Militärlaster saßen sie auf zwei Pritschen sich gegenüber, keiner ahnte etwas, seine Kameraden mochten ihn gerne, sie wußten nichts von seiner Schändlichkeit; der Fahrer des kleinen Goliath lag im Krankenhaus gegenüber der Kaserne. Man erfuhr es am nächsten Tag. Kellerlicht besuchte ihn im Krankenhaus, bereit, den noblen Okkupanten zu spielen, Schützer der lokalen Bevölkerung, die schließlich auch Opfer der Hitlerdiktatur war. Er fühlte sich im Schutz der französischen Armee sicher, er gehörte zur Geschichte, er war ein winziger Teil davon, und doch verließ ihn keinen Augenblick das Gefühl, wie sonderbar das alles war, er überflog sich, und unter ihm ruderte er selbst dahin, grotesk uniformiert. Ansonsten schützte ihn die französische Armee. Dieser riesige nächtliche Konvoi, die enormen LKWs, Plane nach Plane, Flanke nach Flanke, waren viel stärker als alles zusammen. Nie würde der winzige Goliath die Oberhand gewinnen. Er sah sich kaum alleine den Oberst und vielleicht die ganze französische Armee wegen eines Goliaths herausfordern.

Am Eingang der Kaserne, in der Grenadierstraße, ganz aus rotem Backstein, wie so oft in Deutschland, stand das Verwaltungsgebäude. Acht Jahre früher waren da junge Männer mit viel Körper und Bürstenschnitt die Treppe mit hakenkreuzversehenen Aktenordnern unter dem Arm herauf- und heruntergerannt. Voll Begeisterung und gutem Willen hoben sie den Arm zum »deutschen Gruß« und waren bereit, auf Befehl Babys gegen die Mauer zu schleudern.

Der Befehlshaber schickte ihn den deutschen Fahrer im Krankenhaus besuchen und Kellerlicht glaubte, sein Gewissen mit Truppenzigaretten als Geschenk zu erleichtern. Die Straße vor dem Krankenhaus war ab neun Uhr abends mit einer Eisenkette gesperrt, damit der Verkehr die Kranken nicht störe. Es war aus dem gleichen Backstein wie die Kaserne gebaut, vielleicht von demselben Architekten, aus der Gründerzeit. Das Zimmer war ziemlich groß mit einem breiten Fenster, hinter dem sich große Bäume und ein Wiesenhorizont abzeichneten, durchzogen von Stadtzungen mit Bürgersteigen und Chausséepflaster, das nirgendwohin führte.

Eines Tages, 1947, hatte er sich von seiner Wohltäterin eine Reise nach Bourges spendieren lassen, um die Kathedrale Saint-Etienne zu besichtigen, jenes große beschwingte und kühne Bauwerk, ruhiger vielleicht als Chartres. Als großer Spezialist des Mittelalters bewunderte er mit aller Kompetenz die Glasfenster, die *lux continua*. Und dann, beim Weitergehen, war er über den *Boulevard de la Liberté* aus der Stadt gekommen, und auf ähnliche Weise hatte auf einmal die Stadt aufgehört, die Straße, ohne Häuser zu beiden Seiten, führte weiter und man stand zwischen Hecken und Feldern. Einige Schritte genügten, und man war ganz woanders zwischen Land und Stadt.

Der Goliathfahrer hatte eine Glatze und sah ein wenig wie ein Studienrat aus. Hinter seinem Bett verlief eine Glaswand, hinter der man die roten Dächer der Wohnhäuser sehen konnte. Die vorgeschriebenen »Cigarettes de troupe« war man ihm schuldig, mit dem Helm, der das 20er-Päckchen schmückte und dem weißen Band der französischen Tabakregie. Drei Päckchen brachte er ihm. Sonst verkaufte er sie, was verboten war, unter den Bäumen in einer Nebenstraße, an die Jugendlichen der Gegend, immer auf der Lauer und spöttisch in Gegenwart der Uniformen. Dieser Franzose, der so perfekt ihre Sprache konnte, da stimmte was nicht, da mußte man aufpassen, das verwirrte sie, die Stimme vielleicht, dieser Behelmte, der gerade mutierte, fünfundzwanzigjährig; jedesmal ging der Blick des jungen Ankäufers zu sehr nach unten, der Stoff war aber viel zu schwer, als daß man etwas sehen könnte. In manchem Blick sah man die Lust des Jüngeren, es mit einem Älteren zu probieren, der noch viel verwirrter war und dessen dicker Helm und kindliche Gesichtszüge ihn noch anziehender machten. Er sah sich, wie er da stand, in Ausgehuniform, Mütze auf dem Kopf, dessen Spitze in den Lichtkreisen der Stadtlaternen herausragte. Mehrmals wiederholte sich ein solches Erlebnis mit den Jugendlichen, die ihn nun kannten. Bald aber, zur Sicherheit, spielte er den, der auf deutsch nur radebrechen konnte, um nicht versucht zu werden, was fatal ausgefallen wäre.

Sie hätten so tun können als ob, hätten ihn ins Gebüsch locken können, natürlich wäre nichts passiert, er hätte sich bloß in seiner Kleidung verheddert und die lachenden Knaben hätten im ganzen Viertel Alarm geschlagen. Man hätte ihn im Gehölz entdeckt, halbnackt, in einen verpickelten, schon behaarten Jüngling verfangen. »Ein Franzose, und in Uniform noch dazu.« Man hätte ihn vors Gericht gestellt, mehre Jahre Gefängnis, wegen Verführung Minderjähriger. Er hatte Frankreich entehrt, er, der doch Franzose nur durch Naturalisation war, ein falscher Franzose, der zu nichts anderem taugte, als sich, kaserniert, auf Kosten der Republik aushalten zu lassen.

Die lokalen Käseblätter, die *Badische Zeitung* oder die *Badischen Neusten Nachrichten* hätten die Gelegenheit wollüstig benutzt, Frankreich wieder einmal kleinzumachen. Es wäre bis Bonn vorgedrungen, und der französische Botschafter wäre benachrichtigt gewesen.

Manchmal stand er kurz vor der Kühnheit, der Versuchung nicht zu widerstehen, oft genügte schon ein Blickaustausch, aber seit seiner Ankunft in der Kaserne war es, als hätte er keinen Körper mehr, in ihm war eine Art Hohlraum, als sei er innerlich ausgeschnitten, er mußte alles wieder neu erfahren, die Landschaften, die Gartenhecken, die Apfelbaumreihen, die noch nicht erforschten Waldwege und das feuchte hohe Frühlingsgras, das sich um die nackten Beine schmiegt, und vor allem die Seltsamkeiten, vor allem, die ihm kamen und verwirrten.

Die Kaserne war ein seltsamer menschenvoller Raum, der jeglicher Träumerei im Wege stand. Der Hof war so geräumig, daß man meinte, Dörfer stünden am Rande, wo es doch nur Nebengebäude der Kaserne waren. Zur Straßenseite war der Raum vergittert, und jeden Tag sah er, Kellerlicht, die Fenster des Erdgeschosses, wo er den zweiten Weihnachtstag verbracht hatte. Man konnte nicht anders, als sich Hitlersoldaten vorzustellen, fasziniert, von diesem Hakenkreuz verschluckt, das sie immer und überall sahen und das ihnen freie Hand in den russischen Steppen gab. Sie waren stolz auf ihre LKWs mit dem Kennzeichen WHL, das ließ sich sehen, und die Straßen liefen geradeaus bis zum Vernichtungslager, wo man gerade Dienst hatte. Bei jedem Stoß sah man beim Kommandowagen mit dem Hakenkreuzwimpel den Chauffeur und den Offizier auf und ab schnellen. Manchmal setzte man das Maschinengewehr an und feuerte im Halbkreis herum und war zufrieden, auf der Seite des Guten und des Gesunden zu stehen. Vor sich hatte man nur »lebensunwertes Leben«, das man nur beseitigen mußte, das war kein Problem, nebenbei grüßte man die Vorgesetzten, die wußten nämlich Bescheid. Andere hatten zur Straße hingeschaut, steif vor Angst, den Blick auf das Kleinste starrend, auf Einzelheiten, die sie vielleicht gerettet hätten, wären die Dinge anders gewesen.

Und auch diesmal, mitten in der Stadt, da er der einzige war, der Deutsch konnte, hatte ihn der Oberst zum Dolmetscher und Leiter ernannt, der für die direkt aus Paris bezahlten Ankäufe zuständig war. Man hatte ihn beauftragt, bei Busold & Nied Kleiderpuppen für die antiatomaren Uniformen, die wie Taucherkluften aussahen, der französischen Armee zu bestellen. Im Fahrstuhl hatte er unter dem Gespött der Kaffeetanten neben einem solchen Modell gestanden. Souverän und edel: »Ihr deutschen Ziegen, ich nehm mich selbst an die Hand.« Beim nächsten Stockwerk pressten sie sich alle shampooniert und frisiert aus dem Fahrstuhl heraus.

Er fuhr Straßenbahn durch Karlsruhe, und es dauerte nicht lange, bis sich die deutsche Ehrlichkeit in seiner Gegenwart wieder mal frei ausdrückte und er öfters »Ach ja! Zu des Führers Zeiten« hörte. Die französische Uniform hatte ihm Tag für Tag eine groteske Differenz offenbart, es hatte sich nichts geändert, man war wieder zweckbereit.

Er sollte als Gefreiter einen Transport solcher großbusigen Kleiderpuppen leiten, die da neben ihm einbeinig auf dem Bürgersteig Parade standen. Es waren seine lächerlichen Ebenbilder, mehrmals vervielfältigt, als wenn ein einziges Exemplar nicht genügt hätte, für seine Scham sorgte dieses Mal der Dienst.

Seine Anweisungen waren falsch, und der Lastwagen riß die Geschätfsmarkise herunter, und einmal mehr bezeugte er der französischen Armee, daß das deutsche

Geschäft schuld war: Wie leicht und bequem war es, sich hinter der schützenden Macht zu verbergen. Er hatte aber Bedenken, daß seine Kameraden ihn sehr schnell mit »allem, was sie dir angetan haben«, beruhigten.

Er war der, der er war; ein Unteroffizier, der die Duschen überwachte, hatte hingeschaut, als Kellerlicht gerade mit den anderen duschte, und gesehen, mit wem er zu tun hatte. Sein Bettnachbar, ein ganz junger Mann, kaum zwanzigjährig, ein Bäckerlehrling, noch ganz bartlos und jungfräulich, wie Kellerlicht selbst, hatte ihm eines Abends erzählt, daß der Unteroffizier ihn nach dem Zapfenstreich zu sich hatte kommen lassen, ihm zu trinken gegeben hätte und daß sie dann eine Weile zusammengeblieben seien; sie hatten geklönt, sagte er.

Einige Tage später war Kellerlicht von demselben Unteroffizier eingeladen worden, dieses Mal aber, um ihm Deutschunterricht zu geben. Er war unter dem hohen Himmel über den nächtlichen Hof gegangen. Einige Fenster waren noch erleuchtet, senkrechte Lichter in der Dunkelheit, dann war er einen langen, hellen Korridor entlanggegangen und wie im Traum hatte er an der angegebenen Tür viermal geklopft. Im Internat hatte er jedesmal viermal anklopfen und warten müssen, bis man ihm erlaubte, zum Strafempfang hineingelassen zu werden. Nach diesem Bild hatte sein Selbst alle Erinnerungen ausgerichtet, als wäre es der innere

Nachklang seines Wesens, ein stets verfügbarer Ausweg. In den dunklen Tagen stellte er sich diese Sitzungen wieder her, die Geräusche, die Stimmen, das Weinen und die Bitte um weiteren Straferlaß, es war gleichsam eine Dankbarkeit, die in ihm waltete. Seit den ersten Monaten seines Militärdienstes hatte er kein Mal daran gedacht, er hatte keine Zeit gehabt, die Inhalte seiner Wachträume zu bemerken, als ob die Wirklichkeit um ihn herum ihnen keinen Platz mehr ließ. Nach dieser ersten Einladung hatte er sich schon mehrmals vom Unteroffizier nackt ausziehen lassen. Er war jedesmal köstlich beritten worden.

Nachher hatte er sich seinem Bettnachbar eröffnet und betont, daß er nicht trinken mußte. Davon aber hatte er jenem anderen Freund nichts gesagt, den er im Zug kennengelernt hatte, ein ganz junger Filmassistent, genauso jungfräulich wie er: Sie gingen zusammen, sobald sie freihatten und schlenderten gemeinsam in den breiten, von Ruinen und sorgfältig angeordnetem Schutt gesäumten Straßen von Karlsruhe. Sie redeten über Kunst. An einem Abend im samtenen Komfort eines wieder aufgebauten Teesalons hatten sie sich gegenseitig ihre Einsamkeiten bekannt, ihrer Agilitäten und Schreie, deren sie sich am Ende nicht enthalten konnten. Sie hatten sich versprochen, sich ihre Einsamkeiten gegenseitig zu widmen, jeder für den anderen allein zu sein, wie einst im Internat.

Kellerlicht war es, der die Ballett- oder Konzertkarten für beide kaufte. Sie hatten sich an einem freien

Nachmittag einen jungen Tänzer in einem Theater angesehen, und beide hatten sich wieder gestanden, wie sehr es sie verwirrt hatte, daß er so hauteng gekleidet war, daß er fast nackt zu sein schien, mit seinen so dicken Schenkeln und der leichten Ausbeulung am Unterleib. In der Pause standen sie im ganz neuen, apsisförmigen Foyer, mit diskret metallenen, nobel geschwungenen, glasierten elektrischen Leuchten, man stand auf rötlichbraunem Teppichboden, und beide, die sonst nur in der Kaserne auf Hartem standen, war es aufgefallen; vergoldetes Geländer umzog die Galerien, und die deutschen Stimmen gaben sich noch sonorer angesichts der beiden französischen Soldaten. Viele Zuschauer überraschte ihre Anwesenheit. Man war doch in der amerikanischen Besatzungszone und äußerst zufrieden damit, sie brachten doch Zigaretten, Schokolade und Kaugummi mit; sie wurden um so mehr geachtet, als die GIs in langen Limousinen vorbeifuhren, deren Schläge mit einem dumpfen, vornehmen Geräusch zuklappten. Was hatten die Franzosen denn da zu suchen, die doch nur zu Fuß herumliefen.

Der Nationalsozialismus hatte derart die Geister geprägt, daß die Leute die Wirklichkeit für eine bloße Erscheinung hielten. Der Führer war nur vorläufig abwesend.

Ein anderesmal hatten sie auch Harald Kreutzberg gesehen, er trat in einem rotsamtenen, wieder aufgebauten Theater auf. Er tanzte da ganz alleine, schmächtig, schwarz bekleidet, er hielt eine waagerechte Stange über dem Kopf, an der zwei kleine unten verknotete Vorhänge hingen, einer mit einem golden aufgenähten »H« und der andere mit einem »K«, zwischen beiden ließ er ab und zu seinen kahlgeschorenen Schädel durchschlüpfen, um jeden eines Besseren zu belehren. Eine gewollt muntere und schmeichelnde Musik für Liebhaber. Kellerlicht wand sich vor Peinlichkeit, daß seine französische Uniform mit ihm darin da so saß.

Sein Leben lang hatte Kreutzberg alles gesehen und alles getanzt. Vor sich unter dem Licht war da dieser lebendige und schlanke Körper, der einfach so weiter gemacht hatte, während unzählige Todesfälle stattfanden. Man konnte sich ganz in der Nähe von Körpern befinden, die all das durchgemacht hatten, die vielleicht alles gesehen hatten und, wer weiß, mitgemacht hatten. Alle Türen, die sie auf- und zugemacht hatten, alle Teller, von denen sie gegessen hatten, all die Decken, mit oder ohne Zierleisten über ihnen, die Sessel, in denen sie saßen, während anderswo allgegenwärtig gestorben wurde.

Einige Zeit später, kurz bevor man wieder zu neuen Manövern aufbrach, erfuhr Kellerlicht durch einen Leserbrief in der Zeitung, daß Kreutzberg Hitlers Lieblingstänzer gewesen war. Und nun, kurz nach Kriegszeiten, war er um so beliebter, er symbolisierte doch ein vollendetes Deutschland, dessen kulturelle Vision die Alliierten nicht verstanden hatten, dessen perverseste und erschreckendste Blüte doch Ernst Jünger gewesen war.

»Seit diesem unglücklichen Tag im Mai 1945, als unser geliebter Führer aufgegeben hatte, sind die Parasiten wiedergekommen, die uns doch alles wegfressen«, hatte er in der Kaiserstraße gehört, und es war ihm kalt über die Schultern gelaufen: Es war, als ob nichts passiert gewesen wäre, nichts war geschehen, und Kreutzberg und seine beiden Vorhänge konnten nichts dafür.

Immer öfter wurde er zum Wachposten wegen irgendwelcher Übersetzungen bestellt, ein deutscher Zivilist, der nach dem Weg fragte und noch glaubte, er hätte es mit der geliebten Wehrmacht zu tun, die ihn mit Sicherheit den richtigen Weg weisen würde, oder Bauern aus der Nachbarschaft, die die französische Armee um Hilfe baten wegen einer festgefahrenen Mähmaschine oder eines Transports übergroßer Weinkufen. Dies waren fröhliche Sonderfahrten in etagenhohen Militärwagen, von wo aus man die ganze Landschaft übersah. Zum Dank verwöhnten die badischen Bauern die französischen Soldaten in niedlichen Märchenküchen, wo alle Regalbretter geschmückt waren, dabei hörte sich Kellerlicht deutsch wie ein Deutscher reden, und die Bauern stellten sich Fragen zu diesem Franzosen, der sein Hochdeutsch vollkommen beherrschte, womit sie sich schwertaten. Er fühlte sehr wohl den Verdacht, daß da was nicht stimmte.

Soldat erster Klasse, fuhr er mit Chauffeur durch Baden-Württemberg zwischen den tiefgrünen Abhängen des Schwarzwalds und den bläulichen der Vogesen auf der anderen Seite spazieren, zwischen Wiesen und

Feldern entlang rötlicher Linien kleiner Ortschaften, aus denen Zwiebeltürme herausragten, von Karlsruhe bis Rastatt, von einem Schloß, in dessen Räumen Bäume wucherten, zu anderen Schlössern, deren rosa Anstrich abbröckelte. In den zusammengestürzten Städten sah man vom Krieg nur noch Leerstellen, die gerade alle wieder zugebaut wurden. Nichts war passiert in diesen so friedlichen Landschaften voll Obstbaumhainen an kurzen steilen Abhängen, die von schmalen Wegen und Fachwerkhäusern durchschnitten wurden wie im Bilderbuch. Instinktiv läßt man sich in die »gute alte« Zeit der Hitlerjahre gleiten: Was uns hier in Baden angeht, wissen wir von nichts, wir haben nichts gesehen. Geschichte, das gibt es nur in Schulbüchern.

Kellerlicht wurde immer öfter zu Besorgungen für die Offiziere in die Stadt geschickt, oder er fuhr mit dem Chauffeur in irgendeine deutsche Garage, um die reparierten Offizierswagen abzuholen oder hinzubringen (sie durften nicht in Militärgaragen auf Kosten der Republik repariert werden). In den kleinen Büros voller Kanister und Geräten aller Art wunderten sich auch die Mechaniker über diesen so perfekt Deutsch sprechenden französischen Soldaten. Öfters versuchten sie zu erraten, wieso, man las es aus ihren Blicken.

Eines Tages beim Manöver im Militärlager Münsingen, das eher ein ruhiges Faulenzen im Gras war, schickte man ihn samt Chauffeur den Wagen eines Offiziers zur Reparatur nach Gomadingen bringen, ins Herz der Schwäbischen Alb, eine Landschaft aus kleinen, steilen manchmal zerklüfteten Tälern, wo alles grünte und sich auf einmal sanfte Mulden und kurze Ebenen öffneten. Kleine umzäunte Obstgärten voller Kirsch- und Apfelbäume, wo der Wind Ausbuchtungen ins hohe Gras zog, zwischen denen eine schmale Straße durch sonnige Buchenforste an Bächen vorbeizog, die von einem Wasserfall zum nächsten sprangen.

Auf einmal schien sich die lichte, strahlende Landschaft zu schließen, zu beiden Seiten fielen schluchtartig steile, felsige Abhänge hinab und versperrten die Sicht, eine Art Festung mit einem gelb angestrichenen Schloß überragte das Gemäuer. Es war so eindrucksvoll, so still, daß er den Chauffeur bat, unter dem Vorwand eines natürlichen Bedürfnisses anzuhalten, und so betrachtete er eine Zeitlang diesen besonderen Ort.

Fast durch Zufall entdeckte Kellerlicht sechzig Jahre später eine Fotografie, die das Schloß Grafeneck darstellte, das er sofort wiedererkannte. Grafeneck, hatte er inzwischen erfahren, war eine jener Vernichtungsstätten für »lebensunwertes Lebensmaterial« des Dritten Reiches, die oft in »idyllischen Landschaften« lagen.

Das warf ihn in die deutsche Wirklichkeit zurück, in die zugleich blinde und begeisterte Einwilligung in die Hitlerzeit, in der ganz Deutschland vom Verbrechen geprägt war, das in seinem Namen begangen wurde. Überall, wo der Blick hinreichte, konnte es ebensogut

Angst und Schrecken gegeben haben, Terror des Todes unter dem Gashahn in Form einer Dusche.

»Im Oktober 1939 (*Der Spiegel*, Nr. 19, 3. Mai 1961) wurde auf persönlichem Papier Hitlers die Euthanasie der als geistig behindert Geltenden oder Geisteskranken beschlossen.« Die Euthanasie der Kinder, davon wollte man keine zehn Jahre später nichts mehr wissen, vergessen wir doch das alles und wer weiß, ob das alles wahr ist. Jedoch schon 1929 beim 4. Reichsparteitag hatte Hitler erklärt, daß die Beseitigung von 700 000 bis 800 000 der schwächsten Neugeborenen »unnützer Esser«, bei Millionen Geburten, bedeute eine Steigerung der Kräfte der Nation, aber keineswegs eine Schwächung.[3]

Ist es ein Zufall, daß man bei Wohnungsannoncen der Jahre um 1950 sehr oft lesen konnte »Kinder unerwünscht«?

Mehrere solcher Vernichtungsanstalten wurden 1939 eingerichtet, allerdings nicht in Brandenburg (wie zuerst beabsichtigt), sondern im Schloß Grafeneck auf der Schwäbischen Alb als erste und zugleich leistungsfähigste Euthanasie-Tötungsanstalt, wo man in einem einzigen Jahr mehr als zehntausend Menschen beseitigte. Grafeneck, bis dahin Pflegeheim der Stuttgarter Samariter-Stiftung, wurde »für die Zwecke des Reiches« beschlagnahmt.

3 Paul Bruppacher, *Adolf Hitler und die Geschichte der NSDAP* I Books on demand 2009. Benno Müller-Hill, Ernst Klee, Götz Aly und andere haben ausführlich über diese Vernichtungen berichtet.

Die Familien bekamen die Urnen, ihr Kind sei an Schwindsucht gestorben. Die Ärzte hätten das Unmögliche versucht.

Das idyllische Schloß wurde für die Unterbringung des T4-Personals und für Büroräume reserviert. 300 Meter vom Schloß entfernt entstand die eigentliche Vernichtungsanstalt, die durch einen hohen Bretterzaun von der Außenwelt abgeschirmt wurde.

Damals wurde die Umgebung verbarrikadiert und abgesperrt und mit »Ansteckungsgefahr« beschildert. Neben dem Schloß befand sich die Gaskammer, für welche man Kohlenmonoxid benutzte. Grafeneck funktionierte von Januar 1940 bis Dezember 1940. Wenig später wurde in Hartheim (Österreich) dieselbe Mord-Maschinerie eingerichtet mit 30 000 Toten nach Anweisung der Büros des T4 (Tiergarten IV, Sitz der Kaiser-Wilhelm-Gesellschaft). Im Dezember 1940 wurde Grafeneck geschlossen und das Personal nach Hadamar versetzt, wo auch über 10 000 Menschen umgebracht wurden.

Der Spiegel vom 3. Mai 1961 gibt viele Beispiele vom fröhlichen Zynismus der Täter.

Es war alles bestens organisiert, genau wie in den Konzentrationslagern; hatte man damit angefangen, konnte man nicht mehr aufhören, es gab immer etwas zu *»verbessern«*, und technisch wurde es immer anregender. Einmal eingerichtet, entwickelten sich die Lager von selbst, und eingerichtet hatte man sie nur zum Weitermachen, aber gründlich wie in Grafeneck.

Diese Vernichtungsanstalt bestand aus einer 100 Kranke fassenden hölzernen Aufnahmebaracke, in der Ärzte, um die Patienten zu beruhigen, kurze Scheinuntersuchungen vornahmen, und dem massiven Vergasungsgebäude, in dem sich ein freundlich eingerichtetes Wartezimmer für 50 Opfer und dem hermetisch abgeschlossenen Vergasungsraum mit dem gleichen Fassungsvermögen anschloß. Im Wartezimmer, also im Vorraum des Todes, hing ein Führerbild.

Direkt neben dem Vergasungsgebäude lag das Krematorium – Ausrüstung: Ofen mit Ölfeuerung – und diesem Bau gegenüber die Garage für die Kraftfahrzeuge der SS-Transportstaffel, von der die lediglich durch Fragebogen ermittelten Opfer in zügigem Tempo herangeschafft wurden, um – wie es in einer T4-Anweisung hieß – »die Technik des Hauses sinnvoll zu nutzen«.

Neben dem Vergasungsraum, der äußerlich als Duschraum eingerichtet war, befand sich ein sogenanntes Ärztezimmer, aus dem durch ein Ventil Kohlenmonoxid eingeblasen wurde und das Geschehen in der Sterbekammer durch ein Glasfenster beobachtet werden konnte.

Kurz nach der Umwandlung Grafenecks in eine perfekte Mord-Maschinerie wurden im Schloß Hartheim bei Linz an der Donau und in dem bereits experimentell bewährten Zuchthaus Brandenburg ebenfalls T4-Tötungsanstalten eingerichtet. Brandenburg wurde allerdings sehr bald wieder aufgegeben, an seine Stelle trat die Heil- und Pflegeanstalt Bernburg in Sachsen-Anhalt als neue T4-Todesstätte. Im Frühjahr 1940 mußte außerdem die sächsische Heil- und Pflegeanstalt Sonnenstein bei Pirna auf Betreiben der Euthanasie-Initiatoren zur Liquidationsstätte umgebaut werden.

Um die von Berlin aus angeordneten »Verlegungen« von Patienten aus normalen Heil- und Pflegeheimen in Tötungsanstalten zu tarnen, wurde ein Teil der Opfer vorübergehend in sogenannte Zwischenanstalten verbracht. Für Brandenburg und Bernburg standen allein sieben solcher Zwischenanstalten zur Verfügung.

Im Dezember 1940 wurde Grafeneck aufgelöst und das gesamte T4-Personal im Januar 1941 der neuen Tötungsanstalt Hadamar bei Limburg an der Lahn zugeteilt. Im Reichsgebiet waren mit Ausnahme kurzer Unterbrechungen, die durch die Verlegungen der Anstalten Grafeneck und Brandenburg entstanden, von Herbst 1939 bis Ende 1941 insgesamt vier Euthanasie-Tötungsanstalten in ständigem Einsatz.

Bei der Auswahl der zu Tötenden wurden, wie der Stellvertreter Bouhler, Viktor Brack, nach dem Kriege zu Protokoll gab, erst Monate nach Anlaufen der T4-Aktion auf Proteste aus der Bevölkerung hin geisteskranke Kriegsverletzte, die in Heimen untergebracht waren, »aus kriegspsychologischen Gründen« von der »Erfassung« ausgenommen.

Außerdem wurden zeitweise auch kranke Juden unbehelligt gelassen, weil laut Bouhler »die damalige Staatsführung den Juden diese Wohltat nicht gegönnt hat«. Die Euthanasie sollte nach den Worten des KdF-Leiters nur Deutschen zugute kommen.

Die T4-Leute ließen sich tatsächlich darauf ein, die nationalsozialistische Wohlfahrtsmaxime in Zehntausenden von Fällen strikt zu befolgen: Es wurden vorwiegend nichtjüdische Kranke aussortiert, während Juden von den sogenannten Gnadentötungen zunächst verschont blieben.

Wie diese »medizinischen Maßnahmen« (Bouhler) abliefen, geht aus den Aussagen von Zeugen hervor, die nach dem Kriege über T4 berichteten. So erinnerte sich beispielsweise der frühere technische Angestellte der »Gemeinnützigen Stiftung«, Herbert Kalisch, heute Mannheim-Schönau, Königsberger Allee 116:

»Es war in der Erdbeerzeit, also im Juni oder Juli. Ich gehörte zum Begleitpersonal eines Transportes von kranken Personen. In der Regel hatten wir ständig Zivilkleidung an. Jedoch vor Antritt dieses Transportes wurde ich beauftragt, einen weißen Arztkittel anzuziehen, damit ich gegenüber den kranken Menschen den Eindruck eines Arztes oder Arzthelfers erweckte.

Den Transportierten war gesagt worden, sie sollten verlegt werden. Jedoch sagte man nicht, wohin. Der Transport ging nach der Stadt Brandenburg an der Havel, zu dem in der Stadtmitte gelegenen alten Zuchthaus, das man teilweise zu einem Krematorium umgebaut hatte, da es leer stand. Während der Fahrt mußten wir achtgeben, daß die weißen Vorhänge der Busse zugezogen blieben. Unterwegs, auf der Fahrt von Berlin nach Brandenburg, haben wir in Werder Pause gemacht und jeder bekam ein Spankörbchen voll Erdbeeren, und dann haben wir die Leute in Brandenburg abgeliefert.

Wir fuhren mit den Leuten rein. Wir sind dabeigeblieben, denn die Wachleute der SS hatten uns gesagt: ›Ihr könnt auch mal das Schauspiel ansehen.‹ Die Leute wurden sortiert, Männer und Frauen in Gruppen.

Diese Personen mußten sich vollkommen nackt ausziehen, da man ihnen sagte, daß sie vor Verlegung in einen anderen Bau baden und ungezieferfrei gemacht werden müßten. Die Kranken mußten den Mund aufmachen, und dann bekamen sie einen automatischen Vier-Zahlen-Stempel auf die Brust gedrückt. Das Personal hat dann später durch die Nummer gewußt, wer Goldzähne im Mund hat.

Um die kranken Menschen nicht zu beunruhigen, wurden sie von Ärzten oberflächlich untersucht. Dann kamen sie in den Baderaum. Wenn nun die vorgesehene Zahl Personen in dem Baderaum war, wurde die Tür verschlossen. An der Decke des Raumes waren in Form von Brausen Installationen angebracht, durch welche man Gas in den Raum ließ.

Ich glaube, 50 Menschen gingen da rein bei so 'ner Vergasung. Da waren ein paar junge Mädels dabei, und wir haben so unter uns gesagt: ›Ist das nicht eine Affenschande?‹ Der Raum hatte nur eine Tür, und durch den Spion hat man genau sehen können, wann alle tot waren.

Nach etwa fünfzehn bis zwanzig Minuten wurde das Gas aus dem Raum abgelassen, da man durch den Spion festgestellt hatte, daß sämtliche Personen nicht mehr am Leben waren. Nun hat man aufgrund der aufgedrückten Nummern die Personen festgestellt, bei denen zuvor bei der Untersuchung festgestellt worden war, daß sie Goldzähne hatten. Den Toten wurden die Goldzähne herausgebrochen.«[4]

Tatsächlich steht die deutsche Sprache leicht zur Verfügung, sie ist stets anwendbar, dank ihrer besonderen Fähigkeit, das Wirkliche und Konkrete auszudrücken und vor allem zu zeigen. Die Sprache ist von erstaunlicher Genauigkeit, alles, wovon sie redet, ist irgendwo im Raum vorhanden. Man ist immer in der Mitte der Sache, nie weicht die Sprache aus, man braucht nur hinzuhören, und schon rumort und gewittert es. Die soliden Sicherheiten bestätigen sich jeden Tag, und am liebsten würde man die Anrichte mit der Axt kaputtschlagen, von ganz unten kommt die Stimme des Führers, dem die Eroberung der französischen Butter am Ende doch nicht gelang.

Die Russen aber, die fürchteten sie am meisten, in den fünfziger Jahren kannte ein jeder eine Kusine oder die

4 *Der Spiegel*, 3 Mai 1961, N° 19

Freundin einer Freundin – die mußten sehr jung oder Großmütter sein –, die von den Kalmücken oder Tataren vergewaltigt wurden. Wirkliche Vergewaltigungen jenseits alles Vorstellbarem hatte es ja tatsächlich gegeben. Man hatte ihm sogar erzählt, daß Eltern in Berlin 1945 ihre Kinder in der Badewanne ertränkt hätten, damit sie nicht den Russen in die Hände fielen. Tagelang hatte es ihn nicht mehr losgelassen, es waren zwei kleine Jungen gewesen. Hatten die Eltern warmes oder kaltes Wasser fließen lassen? Was hatten sie ihren Kindern gesagt? Hatten die beiden Eltern die Kinder in die Wanne gedrückt oder nur einer? Das Wasser hatte ihnen bestimmt ihre Kinder entstellt gezeigt, verkürzt oder verlängert. Diese Vorstellung allein faßte alles vom Nazialltag zusammen: Sie hatten sich beugen, sich anlehnen, aufpassen, drücken, sich die nötige Zeit lassen müssen, und doch hatten sie jeden Augenblick Zeit gehabt, innezuhalten. Solche Gesten hatte man immer parat, auch anderswo an der polnischen Grenze, wie im Herzen Deutschlands. In Deutschland macht man alles gründlich. Einen gewissen Sinn für Methode hatte es schon immer gegeben, und immer war man bereit, sich allen Katastrophen entgegenzustellen, man hatte immer in Gedanken ein Handbuch zur Verfügung, um sich jedem Regime anzupassen.

Es gab bei den Deutschen eine gewisse entschlossene, begeisterte Art und Weise, aus der Straßenbahn auszusteigen, alles wird türangelweit aufgemacht, man dreht anders am Lenkrad, ein Kochtopf wird mit der ganzen Hand am Griff gepackt. In den Zug steigt man mit Schwung und resolut. Mit ganzer Zunge befeuchtet man die Kuverts, und atmen tut man aus voller Brust.

Da die französische Armee ihn leicht entbehren konnte, gewährte man ihm einen viertägigen Sonderurlaub an Weihnachten 1954, er wollte den Rest seiner Familie besuchen, da er nun einmal aus diesem Land stammte. Einzelne Urlaubstage hatte er schon mehrere gehabt und war mit Personenzügen gefahren, deren Abteile zu jeder Seite mit eigener Tür versehen waren, die mit dumpfem Knall zugingen und einen Ledergurt für das Fenster hatten. Im Frühling war er über Pforzheim zur Klosterschule nach Maulbronn gefahren, in der Hölderlin erzogen worden war, dessen *Brot und Wein* oder *Patmos* wie die Gedichte von Arthur Rimbaud ihn mit sich selbst bekannt gemacht hatten.

Vom ersten Augenblick an, schon beim Rhythmus der Gedichte, hatte er alles erraten, Hölderlin war ein jungfräulicher junger Mann gewesen, der immer wegschaute und schlimme Angewohnheiten hatte. Seine Oden hatten auf einmal, aufs genaueste in ihm diese stumme Sprache sprechen lassen, jene Sprache, die unter der Oberfläche der Alltagssprache liegt. Hölderlin schrieb im Rhythmus seiner Schritte und ließ in sich die Landschaften in der einzigen Sprache vorbeigleiten, die endlich die von ihrer üblichen Hülle befreite Sprache sichtbar macht. Seine deutsche Sprache überflog die Lande, die Hügel, die Waldschlösser, die in der Frühe aus dem Nebel tauchen. Er schrieb jedoch feierlich und manchmal pompös. Kellerlicht hatte dank seiner beiden Muttersprachen durch diese Gedichte hindurch immer die Melodie dieser wortlosen Grundsprache herausgehört, die die Sprachen miteinander verbinden. Kellerlicht hatte sie sofort erkannt, er hatte ein ganzes Heft mit Hymnen auf deutsch gefüllt, er hatte gehölderlint, im Fünf-drei-Rhythmus der Hölderlinschen Prosodie, und das im Büro, das der Feldwebel ihm zur Verfügung gestellt hatte, vielleicht beeindruckt von einigen anmaßenden »Intellektuellen« des diesjährigen Jahrgangs.

Dieser Hölderlin, wie auch Rimbaud, hatte dieselbe Verwirrung erlebt, Hölderlin aber hatte keinen Sinn für Humor, er muß wohl immer feierlich durch die Gemächer des Tübinger Stifts geschritten sein.

Seitdem Kellerlicht eingezogen worden war, hatten ihn nur selten böse Gedanken durchstriffen, und doch, als er so durch den kleinen Wald ging, der den Bahnhof vom Kloster trennte, hatte er an Neuffer gedacht, den Klosterfreund Hölderlins, und an die kindischen Spielereien gedacht, Körper an Körper. Dieser Hölderlin hatte sich denselben Praktiken ausgeliefert, das las man in jedem Vers.

Im Kloster hatte Kellerlicht wie jeder die Lichtspiele in den drei übereinanderliegenden Becken des Brunnens bewundert, diesen gotischen Schrein, und hatte sich den heimlichen Austausch ausgemalt, wie es all die damals noch eher seltenen jungen Leute taten, die das Kloster bewundern kamen, auch er wähnte sich für Großes bestimmt.

Es gab dort dichtes, hochtrabendes Denken zwischen mindestens drei- und vierhundert Seiten, mit Weltenende und Getöse vor bewaldetem Hintergrund: vierzig Bände Goethe, zehn Bände Schiller, und immer dieser Hölderlin, der vierzig Kilometer am Tag zwischen Tübingen und Römerstein schaffte, entlang kurzer oder langer Horizonte über grün wuchernde Abhänge, unterbrochen vom Schatten der Obstbäume und kurzen Tannenwäldern.

Hölderlin, diese lange Bohnenstange, masturbierte im Gehölz mit Landschaftsaussicht, ganz im Unterschied zu Jean-Jacques Rousseau, der es im Dickicht praktizierte. Hölderlins Onanie hatte etwas Feierliches an sich, und da er technisch erfahren war, meinte er, nicht zu Unrecht, die Momente, in denen er sich warten ließ, seien das Denken überhaupt. Das Denken ist vielleicht nichts anderes als die letzte Ladung, der Vorwurf einer endlosen Adoleszenz.

Große radfahrende Jünglinge in Seppelhosen durchstreiften die deutschen Dörfer. Die braunen oder grauen Hosen waren sehr schnell abgewetzt und hinten ganz speckig, man trug sie so hauteng wie möglich, um den Eindruck der Nacktheit zu verstärken. Sie hatten keine Schlitze, sondern Klappen, die an den Rändern mit Streifen geschmückt waren und mit Hornknöpfen zu verschließen. Ein mit einem Reh oder Edelweiß verziertes Lederschild verband vorne die Riemen der Hosenträger. Wenn die Burschen einander begegneten, stiegen sie ab und hoben stolz ihre von hellroten Erziehungsstriemen gezeichneten nackten Schenkel hoch; das war das Herz der deutschen Wirklichkeit, wie sie am Ende den Nationalsozialismus hervorgebracht hatte.

Das ganze deutsche Denken rührte von diesen fiebernden Jünglingen her, die sich im Wald auf der Suche nach dem »begeisterten Ort des Geistes« vorbeugten, deren zu lange Vorhaut die Wunder der späten Entdeckung versprachen. Aber diese späten Entdeckungen hatten auch zu jenen Schenkelreihen und schräg erhobenen Armen geführt, die bald in Feldgrauuniformen über die russischen Ebenen und die französischen Dörfer herfallen würden: der Umraum schränkte sich ein bei solchem Anblick, eine eisige, sachliche und drohende Welt errichtete sich neben der anderen, und die Türen der Dorfläden, wenn sie von den deutschen Okkupanten aufgedrückt wurden, öffneten nicht mehr wie vorher.

Kellerlicht stellte sich vor, an irgendeinem isolierten Tisch am Rand zur Zaunseite hin zu sitzen und wie selbstverständlich ein schön gebundenes deutsches vornehmes Buch aufzuschlagen, zum Zeichen, daß er ein

Akademiker sei, ein Studierter, er würde zum Beispiel seinen *Malte Laurids Brigge* neben sich liegen haben, eins dieser Bücher, die ihn mit sich selbst bekannt gemacht hatten.

Malte Laurids war eine Art feierlicher Augenzeuge, der einen bei der ständigen Selbstbegleitung auf frischer Tat ertappte: »O was für ein glückliches Schicksal in der stillen Stube eines ererbten Hauses zu sitzen unter lauter, ruhigen, seßhaften Dingen und draußen im leichten, lichtgrünen Garten die ersten Meisen zu hören, die sich versuchen, und in der Ferne die Dorfuhr.«

Dieser Rainer Maria Rilke hatte geschickt geklagt und schmerzhaft beklagenswert in feuchten Schlössern mit Personal gelebt. Gedrucktes schützte gegen tröpfelndes Gemäuer und gegen Armut: »Und jetzt auch noch diese Krankheit, die mich eigentümlich berührt hat. Ich bin nicht sicher, daß man sie unterschätzt. Genau wie man die Bedeutung anderer Krankheiten übertreibt. Diese Krankheit hat keine bestimmten Eigenheiten, sie nimmt dessen Eigenheiten an, den sie ergreift. Mit einer somnambulen Sicherheit holt sie aus einem jeden seine tiefste Gefahr heraus, die vergangen schien, und stellt sie wieder vor ihn hin, ganz nah in die nächste Stunde. Männer, die einmal in der Schulzeit das hülflose Laster versucht habe, dessen betrogene Vertraute die armen, harten Knabenhände sind; finden sich wieder darüber, oder es fängt eine Krankheit, die sie als Kinder überwunden haben, wieder in ihnen an; oder eine verlorene Gewohnheit ist wieder da, ein gewisses zögerndes

Wenden des Kopfes, das ihnen vor Jahren eigen war. Und mit dem, was kommt, hebt sich ein ganzes Gewirr irrer Erinnerungen, das daran hängt wie nasser Tang an einer versunkenen Sache.«

Am langen Nebentisch würden die fetten Biertrinker in kurzen Ärmeln schließlich nach ihm gucken, zu diesem alleine sitzenden Jüngling; bei dem war etwas nicht in Ordnung, er hatte sich ein Kännchen bestellt, aber kein Bier. Radfahrer fuhren am Lattenzaun vorbei, man hörte das Knacken der Pedale. Man ließ ihn nicht mehr aus den Augen. Der Kellner hatte es dem Chef gemeldet: »Ich glaube, da sitzt wieder ein solcher.« Einer jener dicken Männer mit Hosenträgern aus Leder würde den ganzen Biergarten durchqueren und zu ihm an seinen Tisch kommen, und Kellerlicht würde dann nichts anderes übrigbleiben, als alles zu gestehen, seine zweifelhafte Herkunft, sein nutzloses Überleben und seine schändlichen Gewohnheiten.

Der ganze Biergarten sieht nun den dicken Mann ihn beim Kragen vom Tisch zerren, Kellerlicht fühlt, wie die Spitzen seiner Schuhe über den Gartenkies schleifen. Es wird nicht weit sein bis zum ausgestatteten und hell ausgeleuchteten Hauskeller. In der Mitte steht eine Schulbank, über die sich der Bestrafte devot beugt, nur mit einem kurzen Leibchen bekleidet, willig dem »gelben Onkel« dargeboten, der ein fasziniertes, zu allem bereites, von so viel Einfalt betörtes Deutschland vollkommen dressiert hat, ein Deutschland, das nach Unterwerfung lechzt, wenn dann aus der Schule gekommen wird, den Gärten entlang, wo die Väter inzwischen die Beete umgraben. Sie schauen die großen fieberhaften Bengel an, in ihren hochaufgekrempelten kurzen Hosen, die im voraus das, was ihnen bevorsteht, auskosten.

Und doch hat das »Übrige« stattgefunden, aber es gab keine Spuren davon; die Gebäude aus der Vorkriegszeit, die anderen Häuser, die Hecken, die Bäume enthielten unsichtbar, unhörbar keine Erinnerung dessen, aber die Gegenwart von dem, was geschah. Die Bäume standen schon lange, als die Verurteilungen und Hinrichtungen stattfanden und die Deportierten und Flüchtlinge vorbeizogen, sie waren damals schon wie heute; manche dieser besonderen Passanten hatten sie vielleicht angeschaut, als ob die Gebäude, die Bahnsteige oder die Fahrräder ihnen hätten helfen können, zu entkommen.

Nun ließ es ihn nicht los, dieses Deutschland, das ihn nicht haben wollte und von dem er für immer getrennt war, so sehr, daß er seine Schutzsprache, das Französische, sprach, als sei es seine Muttersprache.

Im Norden Deutschlands, im näheren Umkreis der Kleinstädte, konnte man sich sehr leicht im Gebüsch verstecken, im Inneren der Hecken, oder im Dickicht mit diesem anderen Gleichaltrigen, weißhäutig und zart, schüchtern und grausam; er aber, von Natur aus und der Herkunft wegen, war dem entfernt geblieben, man hatte ihm nicht die Zeit gelassen, das zu erraten, dem er sich später anderswo und fast ahnungslos ausliefern würde. Es hatte sich neben ihm eine Zeit abgespielt, von der er nichts gewußt hatte; die sehr kurzen Lederhosen waren zu den schwarzen Uniformen der Pimpfs und des Deutschen Jungvolks geworden, neun bis vierzehnjährige Knaben mit Schulterriemen, die ihre ganze Umgebung denunzierten und denen man Macht über die Erwachsenen verlieh bis hin zum alltäglichen Terror. Die vierzehnjährigen Gymnasiasten und Lehrlinge durften befehlen und verordnen. Die Brutalität, die Dummheit und der Sadismus wirkten sich voll auf die Dorfidioten, die Zigeuner, die Außenseiter, auf alle Andersartigen aus, Juden gab es ja keine mehr.

Er wußte aber auch, daß es einige gegeben hatte, die von Natur aus gegen die obszöne Naziunterdrückung rebelliert hatten, es hatte die *»Edelweißpiraten«* gegeben und viele andere noch, die es mit dem Leben bezahlt hatten. Er konnte nicht umhin, auf den Gesichtern alles, was sie erduldet oder gebilligt hatten, zu lesen, die bitteren Morgenstunden und die jugendlichen Ängste auf den hellen Sandwegen, wo man so schön spazierengehen konnte, wo man aber dumm gruppiert rennen mußte. Was hatten wohl alle diese Gesichter gesehen, wovon es nirgendwo eine Spur gab? Er erriet wehmütige Unterwerfungen, stolze Ergebenheiten, daß man so viel erleiden konnte, Ergebenheiten, die dann in umgekehrte, unsinnige Gewalttätigkeiten umschlugen und die man in sich wie eine Anrichte weitertrug. Wäre er nicht auf der »falschen Seite« geboren, wäre er dann sicher gewesen, nicht einzuwilligen, jedenfalls nicht die Augen zu schließen, um nichts zu sehen?

Dieses Deutschland seiner Geburt, das sein eigener Komplize war und alles von der Kindheit wußte, wo er alles vom anderen wußte, keine Geheimnisse hatte, jeder sein Inneres nach außen trug, da genügte ein Kraulen, und schon sprühte es. Deutschland hatte Jugendschmerzen, es gab so viel Gestrüpp und Unterholz, so viel Waldrand, so viel Unerforschtes. Man war immer auf der Lauer, in Erwartung dessen, wovon nie die Rede war, das man nicht sehen durfte; es gab Auswege für das, was man nicht gestehen kann: Man konnte zu zweit oder zu mehreren in den wuchernden Wiesen am Stadtausgang wunderbare Vernehmungen inszenieren. Den Feind hatte man schon, der das Verbotene so klar darstellte, man konnte ihn, ohne Risiko, durch die Straßen jagen. Bald wurden sie zusammengepfercht, eingeschlossen, vergast, von denjenigen, die kurz zuvor noch Kinder waren. Alle diese hölderlinschen, von sanften Erhöhungen und trägen Flüssen durchzogenen Landschaften hatten so viele Ängste und immer vergebliche Fluchtversuche erlebt. Anfangs war es die Zeit der so oft imaginierten Grenzen gewesen, die alle 1938 geschlossen wurden.

Seine überlebende deutsche Verwandtschaft hatte, um ihn nie mehr wiederzusehen, ihn, der gut seinen Erbanteil oder eine Wiedergutmachung hätte beanspruchen können, ihm ein schönes kartoniertes Buch des guten Anstands zukommen lassen, ein Buch des deutschen guten Willens: eine Anthologie deutscher Dichtung, Goethe, Eichendorff, Mörike, alles nach Bedarf.

Eines Tages aber im Juli 1948, da er nun als Zwanzigjähriger, nachdem er dreimal durchgefallen war, das Abitur bestanden hatte, wurde er nach Berck Plage an die Nordsee geschickt, zur Erholung. Am Strand fühlte er ein kaltes Messer ihn durchbohren, als er Hölderlin im Blockhaus entdeckte, welches von der deutschen Nazi-Okkupation Frankreichs übriggeblieben war, daß Hölderlin von den Kriminellen annektiert worden war. Der Anfang von *Brot und Wein* war in großen gotischen Lettern an die Zementwand der Kasematte gemalt worden, davor und darunter SS-Runen, die Todeszacken der SS, ein Mordinstrument, wie es in der Weltgeschichte noch keines gegeben hatte, sie hatten sich eines Dichters bedient, den sie sofort abgeschafft hätten.

»Der Tod ist ein Meister aus Deutschland«, meinte Paul Celan. Kellerlicht aber hatte schon immer die Angst in sich; sehr oft drehte er sich beim Gehen auf deutschen Straßen um, ob man nicht hinter ihm her war. Aber keiner konnte wissen, wer er war, nordisch blond mit blauen Augen.

Diesmal sollte er Weihnachten oben im hohen Norden Deutschlands verbringen, in Kiel, verborgen unter der französischen Uniform. Er fuhr hin und atmete leicht diesmal, ohne die leise Angst, die sich seit 1938 wie ein

Film über alles Deutsche ausgebreitet hatte, unter dem die Drohung überall war, hinter jedem Gitter, jeder Tür, aus der ein kackbraun uniformierter SA-Mann mit Hakenkreuzbinde am Arm herauskommen konnte, der ihn am Kragen zum Revier schleift.

Er fuhr im Nachtzug, die Armee hatte ihm sogar den Schlafwagen spendiert. In diesen üppigen Nachkriegszeiten, in denen Deutschland aufblühte wie nie, fuhr man selten entlang der Grenze zwischen der amerikanischen und der sowjetischen Besatzungszone; so gegen drei, vier Uhr morgens klopfte der Schaffner, mit dem er ein wenig geklönt hatte, an seine Abteiltür, er öffnete das Fenster des Durchgangs; im grellen Licht erschienen Reihen von Tannen, deren Äste unter dem Schneegewicht herunterhingen, und davor, entlang des Bahndamms, ein mehrere Meter hoher Stacheldrahtzaun. Der Schaffner sagte ihm: »Hier fängt Asien an, stellen Sie sich mal vor!« Aus Kellerlicht kam es wie geschossen: »Dank Hitler.« Der Schaffner wechselte kein Wort mehr mit ihm bis Hamburg.

Die Stacheldrahtzäune besetzten auch seinen inneren Eigenraum, seit der Kindheit, seit dem Tag, als er 1937 hinter dem Fichtensaum ein Konzentrationslager zu sehen glaubte. Er war noch ein kleiner zehnjähriger Junge, hatte aber schon die Landpartien, die sich für ein Lager eigneten, im Kopf. Jeder wußte von ihnen, und bei jeder Durchreise versuchte jeder sich die entsprechenden Stellen vorzustellen.

Im Vorbeiziehen der leuchtenden Stämme im Nachtlicht kam ihm wieder die Vision jenes unbekannten Ortes, wo er sich 1943 oder 1944 hätte befinden sollen. Er hatte ihn sich vorgestellt, lange bevor er davon wußte: Er stand da vor der untergehenden Sonne, unter indigofarbigen Wolken, die den hohen blauen Himmel durchschnitten. Von links nach rechts war da eine Palisade aus Eisenbahnschwellen. In der Hand hielt er einen Blechbecher mit flachem abgeknickten Henkel, manchmal entstanden wie aus einem inneren Nebel Körperschemen um ihn herum, Stimmen in verschiedenen Sprachen. Keine Kinder. Es war sehr weit in den Ebenen des Ostens, in weiß gestrichenen Baracken, eine Eisenbahn endete im hohen Gras; zur Rechten ein Gelände, das sich zuerst zu verlaufen schien und weiter weg wieder anfing, als läge da ein unsichtbarer Zwischenraum. In der Ferne nur Fichtenlinien, die alles verdeckten.

Den Typ hatten sie doch weggejagt, und siehe, da taucht er wieder auf, als französischer Soldat verkleidet, der die Deportation der anderen ausnutzt, um zum sicheren Beamtentum zu gelangen. Vom Deutsch sollte er also profitieren, daraus einen Beruf machen. Das war doch das Allerhöchste, sie hätten aus dem Zeug, Seife oder vielleicht auch einen Lampenschirm machen sollen; er war nur lebensunwertes Lebensmaterial gewesen, und jetzt nimmt er es sich heraus, auch noch die Sprache zu verbreiten und sie unschuldigen Kindern aufzudrängen.

Die Sprache mittels deren man die Vernichtung von

Millionen Menschen organisiert hatte, sollte ihm also das Nötige einbringen, um sich ein Schlafzimmer und, wer weiß, ein kleines Auto zu leisten, und das störte ihn überhaupt nicht, und er war es doch, der viel besser als so viele andere unaufhörlich die kleinen Feinheiten und stummen Einwilligungen erlebt hatte, und die vielen Komplizenschaften, die DAS ermöglicht hatten.

Aber alles hat ein Ende, auch das Parasitenleben mit Vollverpflegung auf Kosten der französischen Republik, sogar der Militärdienst, bei dem er sorgenlos vor sich hin hatte leben können, als Obergefreiter und Soldat erster Klasse, eine Würde, die man nur mit einem Marschall Frankreichs teilen konnte.

Die Geschichte war ihm von Nutzen gewesen, sie erlaubte jeglichen falschen Schein, und doch war er nicht schamlos genug gewesen, um sich als Opfer auszugeben, aber was Verdrängung betraf, da konnte er sich sehen lassen. Er konnte immer sagen, er gehöre nicht zu denen: seine Eltern mit zehn verlieren und Waise sein, Maschinenpistole auf sich gerichtet sehen, einige Monate Angst, ein wenig Hunger, das war doch fast selbstverständlich zu Kriegszeiten, oder? Von solchen, die aus der Deportation und dem Unglück anderer Profit schlugen, gab es schon genug.

II

Die Entlassung aus dem Militär fand am 14. März 1955 statt. Seit der Niederlage von Dien Bien Phu, wo Frankreich sich noch die letzten Gefechte zur Erhaltung der Kolonien lieferte, hatten sich die jungen Rekruten von der Last der Perspektive, dahin geschickt zu werden, erlöst gefühlt. Der Algerienkrieg hatte kaum angefangen, man sprach davon nur in Andeutungen. Vom Militärdienst befreit, hieß es für die anderen Rückkehr zur Familie, zur vertrauten Umgebung, zum Altbekannten und Vorherigen, wo man jede Straße schon gegangen war, deren Auf und Ab man in sich trug. Man wußte, wo es zum Keller hinunterging, welchen Wein man holen sollte, ob es die Loch- der die Kneifzange sein sollte. Manche waren Zimmerleute und hörten die angelehnten Bretter vor der Kirche oder dem Rathaus auf den Boden klatschen, ein anderer arbeitete in einer Garage, alle hatten einen Lebensinhalt, innere Landschaften, sie hatten Eltern, Familien und schlugen sich bestimmt öfters den Bauch voll. Für Kellerlicht war es die Rückkehr zur Nutzlosigkeit, zum Parasitenleben, zur Lackfarbe der Wohlfahrtsanstalt. Er hatte nichts zu erwarten.

Die entfernte und reiche Verwandte, die für ihn noch aufkam, trotz seines Alters, fand ihn unreif und unberechenbar, aber vielleicht würde sie ihn doch in seiner Malerkarriere unterstützen, Künstler stand ihm gut. Leinwand und Tuben würde sie ihm spenden und überall herumtelefonieren, damit man ihn in die Salons des Trocadero einlade. Die Aquarelle rutschen aus dem Karton die ganze Treppe herunter, von Stufe zu Stufe, er lehnt sie an die Möbel, richtige Louis-XV-Möbel, ab und zu kauft man ihm eins ab, und wenn er sich vorbeugt, sieht man die Löcher an den Ellbogen. Schöne Salons und Kathedralen hatte er schon gesehen und sogar die kleinen Appartements im Versailler Schloß besichtigt, seine Zukunft jedoch, sollte alles gutgehen, würde doch nur aus abgeschabter Kleidung, eisiger Bodenkammer wie bei Spitzweg bestehen: ein Eckplatz am Mittagstisch in Saint-Brieuc mit Stammplatz und Serviettenring. Seine Bestimmung war ein kleines Angestelltenleben.

Im Zug schüttelte er sich vor Scham bei solchen Gedanken, es war, als habe man in ihn einen Stock von oben bis unten durch den Körper gestoßen, der wie ein Pfahl aus ihm herauswuchs. Er schaute zur Seite hinaus, während der Zug doch nach vorne fuhr, nach Paris; Kellerlicht war irgendein Inhalt in dröhnendem Stahlgepolter, das da durch die Landschaft sauste, ein langes Aneinander von Fensterkästen auf Reisen, die kleinen stillen Orte mit Sitz und Spülkasten inbegriffen.

Aus dem Fenster gelehnt, sah er in einer scharfen Kurve den ganzen Zugkörper die Kurve nehmen, in der Mitte der blaue Speisewagen mit Stühlen, Tischen, Decken und Tellern, die auch mitreisten wie jedermann sonst, und das Ganze schnellte vorbei zwischen Kühen und Pappeln, und ein jeder fand das durchaus normal.

Er war auf die Clowns eifersüchtig, auf diese Zirkuskünstler, die man kurz oder lang machen, aufblasen oder platzen lassen konnte, sie ließen alles mit sich geschehen. Man schraubte ihnen irgend etwas auf den Kopf, ließ sie hoch oben auf Stelzen spazieren, auf Gummikugeln auf und ab hüpfen, manche wurden sogar auf dicken Kanonen abgeschossen, die hatten Glück, sie brauchten nicht sie selbst zu sein, man war es für sie. Und er, er stand am Zugfenster mit Aussicht und faulenzte, während Heizer und Fahrer sich abrackerten, schufteten und den Luftdruck regelten.

Beim Rütteln des Zuges kamen ihm alle Berufsaussichten wieder in den Sinn, alle zugleich: Geschirrwäscher, die Hände freuten sich am warmen Wasser, Sandwich-Mann, so wird er in allen Straßen gelesen, überragt alle Köpfe, wird kommentiert, und schön rot umrandet wandert er rechteckig alle Straßen ab. Je nach Straße wird er segelartig an- oder abgeweht: Er promeniert vor den Ministerien, an den Größen der Welt vorbei, die nicht wissen, wer da geht, von Firmennamen vollgeklebt, beidseitig lesbar. Es war ihm, als finde er sich im Internat zurück, wenn man ihm die nackte Lende mit der Rute streichelte, um die Angst zu verschärfen.

»Die Ware läßt grüßen«, diesen Satz hatte er einmal in einer Erzählung von Grillparzer *Der arme Spielmann* gelesen, die Ladenhüter grüßten, die besonders, Konsumgut ist auch ein Schicksal, man liegt griffbereit, seelenruhig auf dem Regal, ohne von Rausschmiß bedroht zu sein, stabil, bauchig, unverwüstlich, wird man nach Bedarf auf- oder zugemacht. Er benötigte Volumen, einen Reisekoffer, eine Zisterne, Hunderte von Litern hätte er beinhalten können, man hätte aus ihm schöpfen können, und alle wären mit ihm zufrieden gewesen. War man nützlich, wurde man ja behalten.

Sollte wirklich alles mal gutgehen, wäre er eines Zimmers sicher. Er hätte eine Tür für sich alleine mit Klinke und Schlüsselloch, vor dem ein kleines ovales Plättchen schwingt, so ist man sicher, nicht überrascht zu werden.

Noch nie hatte er einen Spiegel für sich allein gehabt, er hatte sich höchstens in irgendeinem Bahnhof oder nationalem Palast, wo er sich hin verirrt hatte, vorbeiflitzen sehen. Aber es waren immer nur kurze, scheue Blicke gewesen, in den Palästen hingen die Spiegelbilder sowieso zu hoch. Seine Einsamkeitspraxis war spiegellos geblieben.

Nur einmal hatte er in einem Hotel übernachtet, 1939 in Chambéry, in einem großen Zimmer mit zwei Fenstern, von denen man die schneebedeckten Alpen sah.

Das wenige Geld, das ihm von seinem Sold und vom Zigarettenverkauf übrigblieb, reichte nicht für eine Hotelnacht, so mußte er ins Waisenhaus zurück, wo seine entfernte Kusine und Wohltäterin ihm eine Dachkammer hatte zuweisen lassen, da fand er sich in seiner Nutzlosigkeit wieder, alles war unberührt geblieben, in der riesigen Küche stand der noch warme Kochkessel mit Pellkartoffeln, die er mit dem Schöpflöffel herausfischte, er wußte, wo die Margarine aufbewahrt wurde.

Niemand hörte ihn durch die langen Korridore des Waisenhauses gehen, wo sich nichts geändert hatte, die breite Marmortreppe hinauf, die ein Chocolatier am Ende des 19. Jahrhunderts hatte bauen lassen. Das Schloß wurde nach dem Krieg für Kinder beschlagnahmt. Sein Fenster ging zur alten Zehntscheune raus: Bett, Tisch Stuhl, das ganze Dekor seiner perversen Einsamkeit. So auf einmal in der Nacht, von seinen militärischen Verpflichtungen befreit, befand er sich in der grotesken Spektakelbühne seiner Träumereien, seiner schändlichen Gewohnheiten, wegen deren er im Internat so oft bestraft worden war, so daß er Lust für immer daran fand, wie Jean-Jacques Rousseau, der überall das eine an das andere koppelte: die Strafe an das Vergnügen.

Die üblichen Phantasien waren ihm während des ganzen Militärdiensts nicht hochgekommen, die Manöver, die Aufgaben, Arbeiten, Fahrten und die Gegenwart der anderen hatten ihn immer von der Träumerei abgelenkt. Das war nur in den Augenblicken des Verschnaufens möglich, die zu kurz waren, als daß die Wachträume sich da hätten einrichten können.

Seine Nutzlosigkeit lastete in ihm, möbelschwer, aus der Holzmasse ausgespart, der Form nach, Kopf nach oben, hätte er zu etwas getaugt. Er sah sich auf der Platzmitte aufgestellt, an einem Extrapranger, und hörte das Gewieher der ganzen Stadt wie eine Brandung. Bis in sein Kämmerchen wurde er also vom Ruhm verfolgt. Sein Selbsthaß war nur eine zusätzliche List. Schon am nächsten Tag ließ man es ihn wissen, er störte überall trotz all des Platzes im Waisenhaus.

Um sich ein Selbstbild zu verschaffen, ging er in die Stadt, in diese schon entfernte Vorstadt, wo sich am Sonntag die Dorfalten vor ihre Türen setzten, um die Pariser in ihren Autos vorbeifahren zu sehen, die aus Paris herausfuhren, um ein wenig Luft zu schnappen. Im Café kaufte er die Zeitung *L'Avenir de Pontoise et du Vexin*, um etwas Unbestimmtes zu finden. Was für Begegnungen erhoffte er sich wohl? Suchte er nach Herren, die seine Bereitschaft entzückte? Nun aber beim bloßen Anblick der Schlagzeilen krümmte sich sein Körper zusammen: alle jungen Leute, nach dem 1. Juni 1928 geboren, die Klassen 53 II. und 54 I., wurden zurückgerufen.

Kellerlicht wurde am 2. Mai 1928 geboren, und doch ging er zur Gendarmerie auf der anderen Seite der Oise, damit man nicht meine, er wolle sich drücken, wo doch seine Kameraden wieder zur Kaserne mußten. Die Gendarmen schickten ihn zurück, zu seinem schlechten

Gewissen, zur Freiheit der Straße, zu den Bäumen hinter der Backsteinmauer, zum Laden gegenüber, zu allem, was man sehen konnte – keine Wolke, keine Stimme, keine Strafe, die ihm entgangen wäre. Kellerlicht schummelte also einmal mehr, ohne es zu wollen, sogar ohne es zu wissen.

Er hatte nicht einmal den Mut, sich für das Land zu engagieren, von dem damals, zur Zeit der Okkupation, fünf Staatsbürger, besonders zwei, ihr Leben riskiert hatten, um ihn zu schützen. Und er füllte sich den Wams mit Pellkartoffeln *à la Margarine* voll und spazierte müßig durch den verwilderten Schloßpark.

Und während er so faulenzte, mußten sich seine Kameraden in Algerien durchkrabbeln, mit der steten Angst im Nacken, beständig von den Angriffen der Fellaghas bedroht zu werden; manche würden dreißig oder sogar sechsunddreißig Monate im Einsatz bleiben. Andere, die in ihm wieder erschienen, so genau, daß er alle ihre Gesichtszüge sah, waren vielleicht verwundet oder getötet worden: ein winziger Sprung im Verlauf des Zufalls, und er wäre einer unter ihnen gewesen. Der Blick versuchte herauszubekommen, wie man selbst dieser andere sein könnte, wie er wohl er selbst war: das war das Rätselhafte, man hätte doch auch so gut ein anderer sein können. Durch welchen Zufall war man gerade in den hineingeschüttet worden, der man ist. Man trug sich selbst mit, wo man auch hinging, sogar aufs Klo, nie kam man von sich weg. Das war so trostlos und so eng, er hätte es wie sein Bettnachbar aus der

Kaserne, Darcel, machen und Gendarm werden sollen, da hatte man komfortable Wohnung mit Möbeln, Geschirr und Wäsche, man war verproviantiert, möbliert und garniert.

Er war aber viel zu schuldig, als daß er Gendarm hätte werden können, die Gendarmen waren es im Oktober 1943 gewesen, die zu seiner Rettung beigetragen hatten. Man hatte von ganz unten im Dorf heraufteleloniert, um zu warnen, die Deutschen kämen ihn abholen, er war ihnen auf dem schmalen Pfad begegnet, der vom Internat zur Straße heraufführt, sie hatten ihn nicht erkannt.

Schulpedell, Postbote, Bahnwärter, das wichtigste: man konnte logieren. Schloßgärtnerhilfe, man schlief im Treibhaus und grüßte mit der ein wenig speckigen Mütze; Hausdiener, das war etwas ganz Vornehmes, das schöne Leben auf dem Dachboden unter schrägem Dach mit Wasserkrug und Waschbecken. Man hatte ihn beschützt, versteckt, und doch war er zu nichts gut. Er war evangelisch erzogen worden, aber aus Dankbarkeit und um anzugeben, hatte er sich katholisch neu taufen lassen, obwohl er bei sich im Internatsschrank sein ledernes Portfolio mit Taufschein in doppelter Ausführung trug. Die lateinischen Texte exaltierten ihn, und die Messdiener verwirrten ihn noch mehr. Er wurde von einem Jesuitenpater an die Hand genommen, der ihm Briefe mitgab, in denen er der Internatsleiterin empfahl, bei ihm nicht mit der Rute zu sparen. Er solle regelmäßig gezüchtigt werden, und Kellerlicht trug die Briefe treu ins Internat herauf, ohne sie auch nur zu öffnen. Das geschah immer unter dem hoch über dem Tal stehenden Internat, ein langer Weg voll sonderbarer Erwartung, Scham und Furcht, alles in ihm zugleich gegenwärtig, worauf er langsamer oder schneller auf das zugeht, was ihm unvermeidlich bevorsteht.

Von einer Art inneren Lachens ergriffen, notierte er alle Details als Herausforderung, als Wette mit ihm selbst. Mit dabei dieser Zeuge, der nicht von ihm abließ, der ihn nun bis ins Herz der Republik begleitete. In seinem Alpendorf, von 1939 bis 1947, hatte er es schon mehrmals gesehen, am Giebel des Postgebäudes, modern und zweistöckig inmitten der in Läden verwandelten Bauernhöfe:

REPUBLIQUE FRANÇAISE
POSTES TÉLÉGRAPHE TÉLÉPHONE

Man sah es zuerst nur im Profil, man mußte auf die andere Straßenseite gehen, um es von vorne zu sehen und die republikanischen Reliefbuchstaben zu bewundern, es war ein Stadtzeichen gewesen. Nur noch wenig Touristen glitten in Schlitten vorbei, die alte, müde Pferde durch den Schnee zogen und deren Schelle man hörte, noch bevor man die Brust der Pferde hinter der Häuserfront erscheinen sah: die Reichen mit Spazierblick.

Er wußte, daß die Republik die Exilierten in Schutz nahm, man hatte es ihm in seiner Kindheit gesagt, die französische Republik verteidige die Menschen, vor ihr brauchte man sich nicht zu fürchten. Danach hatte er erfahren, daß der Präsident der Republik Albert Lebrun hieß, ein Herr in Frack und Zylinder, daß der Chef der Regierung Edouard Daladier hieß. Im Radio, im Poste Parisien, hörte man vom Parlament, dem Chambre des Députés, wo Herren in Anzügen saßen und redeten; er verstand das alles nicht, aber es fand nicht weit von Notre-Dame statt, irgendwo in der Richtung, und davor standen die schwarz glänzenden Fiaker, die auf hölzernem Pflaster fuhren. Im Schlafsaal erzählte man ihm von Paris, dem Luna-Park und der Metro.

Dann war der Krieg ausgebrochen, unsichtbar und allgegenwärtig. Irgendwo am Horizont, sehr weit, hörte man das dumpfe Dröhnen der Geschütze. Er hatte Fotos von französischen Soldaten gesehen mit diesem sonderbaren Stahlkamm auf dem Helm. Das störte ihn, der deutsche Helm schütze besser, und jedesmal zerrte es ihm in der Brust: Es konnte doch nicht sein, daß Frankreich verlieren würde, Frankreich konnte nicht besiegt werden. Auf den Bildern sah man dunkel blickende Herren in hohen Käppis mit goldenem Eichenlaubkranz. Und im Mai 1940 war das Unvorstellbare geschehen, und der kleine Junge konnte es nicht fassen. Wie konnte denn Frankreich von den Nazis geschlagen werden? Und alle diese Jahre war er, wo er nur konnte, in Büchern, in Illustrierten, auf der Suche nach Beweisen gewesen, daß Frankreich in Wirklichkeit nicht besiegt werden würde. Mit Leidenschaft sammelte er alle Zeichen, die Details, alles, was man über dieses Land hörte, das ihn vor den Deutschen schützte, er behielt in sich jede Einzelheit, die ihn vor seiner deutschen Heimat schützen konnte, die ihm verboten war und die er in sich beseitigen mußte, als hätte sie es gar nicht gegeben.

Die elektrischen Schalter, die Fenstergriffe mit diesen seltsamen kippbaren Haken, die Schwefelhölzer, die Kupfernieten, sogar die Stühle waren anders, all jene beruhigenden Gegenstände entfernten ihn von Deutschland, und doch gab es für immer die Trennung.

Aber es war besonders die Form Frankreichs auf den Landkarten, die ihm gefiel, die Konturen konnte er aus dem Kopf zeichnen, sehr leicht setzte er die weiten Kurven der Flüsse hinein. Frankreich wurde sein Abenteuer für ihn selbst mit allen Brücken und Kathedralen, mit der ganzen Masse der Zukunft, sämtlichen Landstraßen, die er vielleicht gehen würde, mit allen Gesichtern, Worten, Gesten dieser ganzen wartenden Zukunft, und jedesmal war es doch, als würde er zweigeteilt, die Furcht klammerte ihn zu, die Deutschen waren da, sie würden ihn festnehmen und abführen.

Aber erst am 18. Oktober 1943 hatte er wieder Deutsch reden gehört, kurz nachdem er die kleinen schwarzen Löcher der auf ihn gerichteten Maschinenpistolen der Deutschen gesehen hatte, die ihn abholen gekommen waren, vielleicht hatten sie ihn nicht auf dem schmalen Gebirgsweg erkannt, sie waren sogar zur Seite getreten, um ihm Platz zu machen.

Die Gebirgslandschaften und gerade dieses französische Dorf im Talgrund gaben ihm Sicherheit. Acht Jahre lang war das Internat, ein hochstehendes Gebäude mit mehreren Etagen, oberhalb des offenen Gefälles der Abhänge, eine sichere Zuflucht gewesen.

Erst nach der großen Kurve der Straße geht man auf das Hôtel de l'Ermitage zu, ganz unten am Ende der Abkürzung, die ungemein steil den Abhang durchschneidet. Da hatte man ihn fast täglich herauf- und herunterkraxeln sehen. Der fünfzehn Kilo schwere Brotsack zog ihn nach hinten. Sicher, weder gesehen noch gehört zu werden, schwatzte er laut vor sich hin, er dozierte über »das Unendliche und das Nichts«, den Kopf voller Wörter, hatte er schon den Titel bereit: *Die Unendlichkeit des Nichts*, er hielt sich selbst Vorträge, alleine in der Unermesslichkeit der Berge trug ihn die Phantasie fort, und manchmal setzte er schon damit an, kaum war er aus dem Dorf heraus, am Eingang zur Abkürzung an der Hotelmauer entlang.

An der Ecke der Mauer aber war er beim Vortrag von zwei Touristen ertappt worden, wie er laut schwafelte, die waren plötzlich da mit allem Zubehör, Kopf, Leib, Beine und sogar den Knöpfen und dem Kragen, sie schauten ihn ein wenig erstaunt an: Die Scham saugte ihn von innen aus, ein junger Verrückter, der vor sich hin redet: »Das Nichts ist überall, weil es nirgendwo ist.« Eine eisige Hülse umschloß ihn, es war, als hätte man ihn nackt ausgestellt, er stand da albern, lächerlich, wie am Schandpfahl, den Kopf zwischen zwei senkrecht gestellten Brettern, und die faulen Eier zerplatzten auf seinem Gesicht, er fühlte sich selbst hinter sich aufragen. In Wahrheit war er am Vorabend mit der Rute gezüchtigt worden, und es war reichlich verdient gewesen. Diese Spaziergänger wußten bestimmt alles über ihn, sie stellten sich ihn in Stellung vor, devot vorgeneigt, verweint, man hatte ihn gerade in die Ecke geschickt, er hatte die Luft auf seiner nackten Haut gespürt, sie unterstrich seine Konturen.

Der Abhang blieb immer gleich steil, man erklomm ihn über Wurzelstufen unter dem Laubgewölbe der Haselbäume und Eschen, der Boden war sonnenhell, er senkte sich zur Lichtung der Wiesen über dem Dorf, am Rand des Waldes. Jedesmal, wenn er hinunterging, breiteten sich die unermeßlichen Bergmassive aus, und er war trunken, solche Berggröße für sich zu haben.

Alles an ihm, die herunterhängenden Schultern, die zu sehr entwickelten Hüften, die sehr weiße Haut, zeigten den Passanten die erlittenen Strafen, seine Ergebenheit, seinen Gehorsam; nur unter der Strafe wurde er einwandfrei, richtig gediegen; das Warten, wie er sich windet, er den Rücken vor Angst durchdrückt, er bleibt immer unbeweglich, bietet sich der Strafe dar. Die Strafe beruhigte, strafte man ihn, so wollte man ihn behalten, man strafte ihn für die Zukunft, die Internatsleiterin wiederholte es immer wieder: »Es ist zu Ihrem Wohl«; das Wohl war also noch Zukunft. Oft sperrte man ihn dazu im Kerker ein, ganz oben auf dem Boden bei geschlossenen Fensterläden.

Allmählich fand er Gefallen an der Strafe und am Grotesken der Sache, das gab ihm Form, zugeschnürt, eingepackt, mehr oder weniger kubenförmig, steckte man ihn in die Schublade und nahm ihn nur an Festtagen heraus; er fühlte sich wie ein Stuhl zum Draufsetzen, Möbelstück geworden, zitterte er vierbeinig, wenn man sich setzte, fühlte man die Sitzwärme durch die Polsterung hindurch, die Dicken plazierten sich anders als die Mageren, sie verteilten ihr Gewicht besser. Das war eine mögliche Lebenslaufbahn, so war man zu etwas gut, mit den Tausenden anderen Stuhlkollegen, die auch überall wie Mauerblümchen standen, an den Wänden entlang oder unter den Eßtischen, von denen er immer nur die Unterseite sah. Zum Glück gab es mehr Stühle als Franzosen.

Dann in der Pariser Gegend unterlag er der Versuchung, sich jedem anzubieten, der ihn haben mochte unter den hohen Himmeln, die violett am weiten Horizont, von Landschaften umrandet, lagen, aus denen Takelagen und manchmal Türme auftauchten, voller Hügelabenteuer und Obstgärten mit Apfelbäumen, die runde Schatten warfen.

In der Metro drückten sich Männer an ihn, und die Verwirrung ergriff ihn, nie wendete er sich ab oder zog sich zurück, im Gegenteil er gab sich hin in der dichten Menschenmenge, schmiegte sich an diese harte und begehrenswerte Form, um sie noch deutlicher zu spüren. Er stieg dann doch endlich aus, und der andere ging ihm nach, und von der Angst vor dem, was folgen würde, ergriffen, lief er dann weg, und da es oft nicht weit von der Sorbonne war, flüchtete er in den Jardin du Luxembourg, diese Bebäumung mitten in der Stadt, aber fast jedesmal kam er zurück und ließ sich in irgendeine gepflegte Absteige mitnehmen, wo man ihn nackt aufs Bett warf, was ihn an ihn selbst zurückgab, völlig gelassen. Nur so konnte er das stets in ihm lauernde Heimweh überwinden.

Seine Beschützerin gab ihm ab und zu das nötige Geld, um sich die Reclambände zu kaufen, damit er seine vom Militärdienst unterbrochenen Deutschstudien wiederaufnehmen konnte. Vielleicht würde man ihn in irgendeiner Lehranstalt einstellen, um den Jünglingen die »Sprache Goethes« beizubringen.

Nachdem er die Preise studiert hatte, ging er manchmal zu den Champs-Elysées, setzte sich an einen Zweiertisch, bestellte einen Kaffee. Ein ziemlich junger Herr mit Krawattennadel und Manschetten setzte sich einmal zu ihm, er wurde zum Abendessen eingeladen mit Damasttischdecke und paarweise Silberbesteck, man servierte ihm Porzellan voll köstlicher Speisen. Der Tisch war oval, an der Decke des Restaurants verliefen delikate Zierleisten, so etwas hatte er bisher nur in Museen gesehen; er gab sich sprachgewandt, um sich dahinter zu verbergen; er gehörte nicht zur Welt der großen Symphonien, er gehörte vielmehr zu denen, die sich ducken, denen alles paßt, zu denen, die immer auf der

Flucht waren und sich verfolgt sahen. An die Zementrohre unter dem Straßenbelag, in die sich so leicht hineinkriechen läßt, dachte man nie; darüber das Sirren der Autoreifen auf dem Asphalt und die Rufe der Gendarmen, die vergeblich nach ihm suchten. Die Sache nun erledigt, schlief er nicht alleine in einem großen Doppelbett.

In den kargen Hotels, wo er sicher wohnen wird, sieht man an der Decke das Licht des Nebenzimmers, er bekommt da sein *Boeuf Bourguignon* am kleinen Tisch, die Stammgäste schauen ihn beim Kauen zu. Rasch findet er den Sportplatz mit der Umkleidebaracke und den Bleistiftkritzeleien auf dem Holzgerüst. Da situierte er seine möglichen Zukünfte in unbestimmter Armut.

Manche Hilfslehrer dichteten. Am Lebensabend gab es dann einige Gedichtbände, von irgendeinem passionierten Landverleger herausgegeben, der noch handdruckte; das Schlimmste war, vom Schreiben leben zu wollen, kein Straßenrand, keine Brücke, kein Weg, der durch ein Tal verläuft, ohne daß er es im Gedicht verwerten würde, nichts sehen oder hören, ohne daraus eine Zeile oder besser noch einen Vers zu machen. Er schüttelte sich, so peinlich war es, wenn ihm das Wort Dichtung unter die Augen kam, die doch darin bestand, einige Wörter mitten auf die Seite zu stellen, um deutlich zu machen, daß es sich um Poesie handelt, daß es also tiefgründig war und man dem armen Leser das gab, was ihm gerade fehlte. Es klang angeberisch, aufgeblasen, das predigte die Finesse, denn alles, was man nicht selber gesehen hat, wird einem doch vom Dichter geschenkt; Dichter, das schüchterte ein, stellte einen höher. Am Bahnhof war man nicht mehr so ganz wie die anderen. Man konnte sich nicht so einfach vom Zug forttragen lassen, wo man doch so vieles in sich hatte, das nur eine Ehre für die Landschaft sein kann. Noch nie hatte er derart gespürt, daß etwas offensichtlich Lächerliches an das Wort Dichtung gebunden sei. Der Dichter trägt Samt, er schreitet gravitätisch, er wird in Schlösser eingeladen, er zieht das Manuskript aus der Tasche, und jeder wundert sich, staunt, will noch mehr davon. Er stellt sich vor, wie er da sitzen könnte am kleinen Mahagonitisch mit gerippten Beinen; er teilt seine Gedichte aus, um die man sich reißt. Die einen wie die anderen fragen sich beim Vorlesen, was sie wohl zum Essen bekommen werden.

Inzwischen war er ins Waisenhaus zurückgekommen, wo man ihm Pariser Liebschaften unterstellte, man war mehr oder weniger im Bilde, und man wußte, die Waisen hatten nichts zu befürchten. Das schloßartige Waisenhaus war gegenüber der Ruine der Maubuisson-Abtei erbaut worden, die kurz nach der Französischen Revolution an Spekulanten verkauft und mit Geröll aufgefüllt worden war, so daß man die Kapitelle des gotischen Kapitularsaals auf Gesichtshöhe hatte.

Unterhalb einer Anhöhe, auf dem das Ganze errichtet worden war, setzte die Landschaft wieder als weite Wiese ein, das hohe, nie gemähte Gras wog unter dem wirbelnden Wind, Blindschleichen raschelten manchmal darin auf halber Höhe. Im Hintergrund, jenseits der hohen Baumreihe, lag der rechteckige Teich, den der Chocolatier sich Ende des 19. Jahrhunderts hatte anlegen lassen, um den eingeladenen Gästen mit seinen Festtagskarpfen zu imponieren.

Am Morgen blieb die Nacht zwischen den Grasstauden noch gefangen, und der frische Tau machte die Knöchel naß. Auf der anderen Seite erhob sich die doppelte Reihe der riesigen Platanen, die den Teich umsäumten, sie standen zu beiden Seiten und ihre Kronen schlossen sich darüber zusammen, wie das Gewölbe einer Kathedrale, das hohe Rauschen der Bäume zog von Wipfel zu Wipfel. Blätterbedeckte Alleen verliefen zu beiden Seiten des Teichs, dessen Oberfläche den von Gezweig und weißen Wolken durchkreuzten Himmel zurückspiegelten. An einer Seite, in der Mitte einer kleinen Mauer, befand sich ein Schacht, dessen Sog das Wasser hineinbog. Der Strom führte die heruntergefallenen Platanenblätter mit sich, die Ränder hochgekrempelt, lange Grasschweife begleiteten sie und lagerten schließlich kreisartig vor dem Schacht. Wenn der Strom sie zufällig zu weit weg trieb, drehten sich diese Grasbüschel im Kreis herum, stießen gegen den Rand und wurden nach und nach in den Schacht hineingeschwemmt.

Wenn ein Insekt die Fläche streifte oder ein Fisch hervorstieß, bildeten sich große Kreise im Wasser, das, wie beschwert, kleine grünbraune Wucherungen trug. Ein sonderbar schillernder Rasen bedeckte es stellenweise. Manchmal täuschten sich die Tiere, ein Hase etwa sprang herein, schlug um sich, versuchte, sich daran festzuhalten, und verreckte, ohne daß die Leiche unterging, das Auge starr und die Scharte halb geöffnet. Wenn man mit einem heruntergefallenen Ast versuchte, diese Decke zu heben, fiel Weiches, grünliche Grasgeschöpfe davon herab, auch Tierreste blieben daran hängen, aufgedunsen, steifbeinig.

Entlang des Randes hatte die Kahmhaut kreisförmige Rillen und Falten gebildet, die übereinanderlappten, gegeneinander drückten und sich stellenweise wie Lippen öffneten, in der Sonne trockneten und sich weiter hinten neu öffneten. Stauden bewachsener Grasinseln schwammen sichelartig und wurden am Ende vom Schacht geschnappt, und das Ganze schwappte feierlich hinein.

Die Alleen des Waisenhaus-Schlosses zogen lange gelbbraune Blätterlinien, leicht glitzernd an der Oberfläche, aber trocken nach außen. Diese von Platanen gesäumten Alleen, deren Farben in der Entfernung allmählich verblaßten, waren sein Gedächtnisfonds an Landschaften, Abhängen, Waldsäumen und hellen Lichtungen, kurvenreichen Landstraßen, wo Schatten und Licht sich abwechselten und sich zu langen Linien zwischen den Bäumen zogen, da hatte er seine Träumereien angesiedelt, zwischen abgehobenen philosophischen Betrachtungen und Selbstinszenierungen, in denen er immer zur Verfügung stand.

Der Park des Waisenhauses verjüngte sich innerhalb eines Bahndammdreiecks zu einer Spitze, die mit hochgeschossenem Kohl und schiefen Bohnenstangen bewachsen war. Ein Weg führte unter den beiden gegenüberliegenden Bahnunterführungen durch, es war dort dunkel und feucht und des öfteren Sonderbares los.

Am Abend, wenn er sicher war, den Waisenkindern zu entkommen, stellte er sich manchmal zwischen die beiden Tunnel und schaute den vorbeifahrenden Zügen zu. Von links kamen die dunkelgrünen Eilzüge der Vortstadtlinie PARIS–PONTOISE, lange befensterte Kästen in regelmäßigen Abständen, von Pontoise nach Paris Lokomotive vorne – und von Paris nach Pontoise Lokomotive hinten. Auf der anderen Linie, Pontoise–Creil, fuhren noch die alten Personenzüge mit Abteilwagen und Seitentüren an jedem der acht Abteile, mit Türgriff, Fenster und allem Nötigen versehen, die alte langhalsige dampfende Lokomotive voran. Der letzte Wagen fährt würdig davon. Wenn die Sonne die Fenster nicht aufleuchten läßt, kann man die Köpfe der Reisenden wie eine lange Kette auf Bänken sehen, sich gegenübersitzend, als ob die, die nicht in Fahrtrichtung sitzen, in den falschen Zug gestiegen wären; er, Kellerlicht lachte in Gedanken an das, was sie sehen würden, wenn ihr Blick zufällig seine Mansarde streifen würde.

An der dritten Seite des Triangels lag eine diskrete, wenig befahrene Verbindungsstrecke, auf der Güterzüge fuhren, deren dumpfes Rollen die Nacht durchdröhnte. Im kleinen Bahnhof von Épluches hielten für eine Weile die alten rostbraunfarbenen Güterwagen, wie man sie von Fotos kennt, deren Türen von außen zugeschoben wurden und Gesichter mit weit aufgerissenen Augen verbargen. Im Juli 1944 waren einige dieser Züge vielleicht auch jene diskrete, halb verlassene Strecke gefahren, während er es zu dieser Zeit schön gehabt hatte und sich nun einen fetten Wanst auf Kosten der Frau Baronin vollfraß, während Frankreich schuftete.

Jetzt alleine für sein Überleben verantwortlich zu sein beängstigte ihn. Er mußte eine bescheidene und sichere Stelle finden. Dank seiner Verwandten könnte er vielleicht im Schloßsouterrain untergebracht werden, er würde zwischen Wandschränken mit Aussicht auf ein Stück Park leben. Es wäre überall um ihn her glatt, breite Fensterbretter für die Tassen. Manchmal wird er an sich selber herunterschauen, auf die Kupferknöpfe seiner Livree, die Nähte beschwert von den unzähligen Essenresten, die sich im Laufe der Jahre da angehäuft hatten. Er schläft auf dem Dachboden mit Luke, im Bett mit Kupferkugeln, die ein wenig klackern, wenn die Bewegungen zu heftig sind. Ein phantasiertes Leben installierte sich in ihm, an dem er täglich schliff. Die Dienerschaft erlaubte ihm, nach eigenem Geschmack zu leben: Täfelung, Perserteppiche, Porzellan, Chinavasen, Boullemöbel und Silbergeschirr, das durfte er alles abstauben. Dreißig Jahre Dienerschaft, da kannte er alle Familiengeheimnisse. Kahlköpfig und rosa; aufs sauberste gewaschen, dachte er manchmal an seine Debüts als Hausdiener, wenn sein Herr die Bibliothek abschloß, er die Livreehose sorgfältig auf den Stuhlrücken legte und sich an der Kommode festhielt. Er war achtzehn Jahre alt, und die Diener seines Alters haben eine zarte Haut, in Waisenhäusern gezüchtigt und mit Milchwaren ernährt, sind sie schüchtern, gehörig und stehen zur Verfügung.

Obgleich er angeblich Material für seine Studien kaufen sollte, hatte er an den Quais herumgeschnüffelt, in der Hoffnung, irgendein verbotenes Bild zu erhaschen, und ganz zufällig war er an einer Bude in der Rue Monsieur-le-Prince auf das Büchlein *Le Doctorat impromptu* (Der kurzfristige Doktortitel) von Andréa de Nerciat gestoßen, in einer Ausgabe von 1793, und das hatte ihn nur einige Centimes gekostet,[5] er erlag sofort dem Charme der herrlichen und komplizenhaften Sprache, er stellte sich vor, als Anstaltsdiener den jungen Herrschaften ausgeliefert zu sein. Es wurde darin von Jesuitenschulen und von den »aushelfenden Praktiken verschiedener Art« geschrieben. Alles wurde gesagt und nichts beschrieben, alles wurde angedeutet und nichts gezeigt. Er hatte das in seine Mansarde mitgenommen und erlebte das Internat neu. »Es gab in unserer Anstalt einen sechzehn-, siebzehnjährigen Jungen, der vom Waisenhaus kam, glaube ich, und Diener war in unserer pedantischen Einsamkeit. Die Natur hatte diesem Tolpatsch einen frischen und normal korpulenten Umfang

5 Neuauflage, Actes-Sud (Babel) Marseille 2008

verliehen, sein runder gleichförmiger Kopf, mit dem hübschesten blonden Wäldchen *orniert,* für wenig Geld oder etwas zu naschen konnte man doch ein wenig, auch wenn à part, doch unvernünftigste Sachen von ihm verlangen. Alle unsere Pädagogen, alle unsere Humanisten legten großen Wert auf den handlichen Claudin.«

Er war nicht der einzige Schüler als Diener gewesen, der sich für einen Zuschlag Nudeln, ein Viertel Savoie-Tomme, für einen Schinkenansatz hingab, was ihn jedoch nicht hinderte, sich mit *»seinen Begierden in Einklang zu bringen«*, und doch wußte er, daß er nicht einer dieser schmächtigen, vornehm tuenden Schreihälse war. Es genügte, den eisernen Vorhang seines inneren Theaters herunterzulassen, und er mußte sich nicht mehr vorstellen, was hätte sein können.

Besser sich nicht in dieser Richtung einlassen. Hatte er doch ganz für sich allein die von hohen Wolken überflogenen hellen Dörfer mit den langen rotbraunen Dächern der weiten Ebenen des Vexin. Auf der Hochebene öffneten sich plötzlich steile Gefälle, die sich im wuchernden Gebüsch und zwischen jungen Bäumen verloren, die entlang der schmalen Landstraßen wuchsen. Er durchfuhr die Gegend auf seinem schweren, mit Rücktrittbremse versehenen Rad und phantasierte sich seine Zukunft in einer solchen Dorfschule mit Gitterzaun zur Straßenseite und der Wohnung in der Etage darüber, in Sicherheit neben dem rumorenden Ofen im

Winter und in der Laube im Gemüsegarten im Sommer. Abends würde er am Küchentisch Bossuet[6] lesen unter dem »sanften Licht der Lampe«.

Volksschullehrer oder Postamtsleiter, das waren mögliche Auswege, aber vielleicht gab es noch bessere, aber das war in seiner Reichweite, ein Posten als Hilfslehrer in irgendeiner privaten Anstalt; dieser Gedanke aber ließ ihn sich vor Abscheu und Ekel schütteln, er sah sich in einer Abstellkammer halb angekleidet ertappt.

6 Jacques Bénigne Bossuet (1627–1704), Hofprediger, war einer der Meister der französischen Sprache.

III

Wie auch immer, er war zu den deutschen Sachen bestimmt, zu den Turnnacktheiten, die er verabscheute, deren kleinste Details er dennoch auf der Suche nach weichen und doch festen Körpern erforschte. Überall in Deutschland wurde »frisch, froh, frei« nach diesem von den Nazis kultivierten Spruch trainiert, in der Nachfolge des Turnmeisters Jahn, dem Vater der deutschen Freiluftkultur, voller Muskeln und Energie; ein felsenfestes, blondes Deutschland, ohne Juden. Jener Jahn wurde vor langer Zeit in Prignitz geboren und starb 1852 in Freyburg, einer kleinen Stadt in Sachsen. Kellerlicht hatte ein Foto von der Kirche mit den zwei oktogonalen Türmen gesehen, die wie zwei Gasometer aus den Jahren um 1900 aussahen, abweisend, verschlossen, wie von Kopf bis Fuß bewaffnet, so wie der Dom zu Speyer, zu allem bereit. An der Ecke, am Platz in Freyburg, erschlug man sich sein Jüdlein und ging dann einen am Stammtisch trinken.

Und so war das Deutsche die Lösung, er konnte sich bewerben, eine öffentliche Stelle anstreben, von seiner Muttersprache hatte er nichts vergessen, sie hielt ihn fest und sollte ihn nicht so schnell freigeben, diese gewaltige, massive, alles enthaltende Sprache, die alles zu sagen vermag, vom Allerfeinsten bis zum Verworrensten – die Sprache Eichendorffs ist auch die Sprache Himmlers, sie ist unberechenbar und hängt ganz davon ab, wer sie gebraucht und wie.

Es hatte ihm Spaß gemacht, in der Bibliothek der Sorbonne so Ernstes, Substantielles auszuleihen, Schiller, Gundolf, Korff, Schwerwiegendes, dichtgedrängt. Die Scham ergriff ihn manchmal, wenn ein Tischnachbar nach seinen dicken Büchern schaute, mit diesen opaken Texten, in denen manchmal so lange Wörter standen, daß drei davon eine ganze Zeile füllten. Er, der doch ganz Franzose war, wurde vom Schicksal gezwungen, sich in das zu stürzen, was er doch am liebsten loswerden wollte, denn als Aussicht gab es doch die Lettres Françaises, die schicke, von Autoren bewohnte Rue de Lille, den feinen roten Rand von Gallimard und die Fischgrätenparketts aus dem Grand Siècle.

Die französische Literatur hatte etwas Palasthaftes an sich, aus dem Altertum und edel, all die gewichtigen Texte in goldenen Einbänden aus dem 17. Jahrhundert. Auch er bearbeitete deutsche Tiefen in der Sorbonnebibliothek und versuchte vergebens, jemanden zu treffen, der schon gedruckt wurde und den man sofort in der anonymen Menge erkennen würde. Er hatte sogar einmal, am Ausgang der Sorbonne, auf den Philosophen Jean Wahl gewartet und war ihm mit etwas Abstand hinterhergegangen, um zu wissen, wie es sich anfühlt, berühmt zu sein, und als er ihn in den Bus 84 einsteigen sah, stieg er ein paar Tage später auch in den Bus ein, um zu wissen, wie es war, Jean Wahl im Autobus zu sein. Die veröffentlichten Schriftsteller konnten unmöglich wie ich und du aussehen. Nie würde er die Ehre haben, mit einem publizierten Autor zu sprechen.

Er hatte mehrere Werke im Gang, unter ihnen *Der Eindringling*, die Geschichte eines jungfräulichen, lasterhaften jungen Mannes, der, in Pelzjoppe, in der hochsommerlichen Hitze in den Causses promeniert, um ein »existentielles Experiment« zu erleben, und gerade am Sonntag muß sich die Feuerwehr bemühen, um ihm aus der Hitzeklemme zu helfen.

Immer wieder jedoch bringt ihn die eine Sprache zur anderen zurück, das Deutsche läßt nie etwas aus, kümmert sich um alles, zählt jede Kleinigkeit auf und beschreibt auf diese Weise, wie man herauf- oder herunterkommt, wie man etwas hinlegt oder -stellt, wie man je nach Funktion die Zeitwörter ordnet, alles ist immer genau und scharf abgegrenzt, da, wo das Französische sich mit Anspielungen begnügt, da es doch jeder versteht, bevor man zu Ende geredet hat. Das Deutsche sorgt sich um die Beschaffenheiten, es fließt zäh, wogegen das Französische eher flüssig ist.

Jede der beiden Sprachen hat ihre eigene Zeit und Färbung, das Deutsche ist eher ein Frühaufsteher, eine langsame Sprache, eine Fußgängersprache, im Rhythmus des Gehens, wohingegen das Französische rasch vorangeht, ohne sich unterwegs aufzuhalten. Das Deutsche ist am ehesten eine grüne Waldsprache, in der man sich leicht verirren kann. Man ist nie sicher, wann man überhaupt ankommt, da doch das Beste immer bis zum Ende in der Schwebe bleibt, bis das Zeitwort gefallen ist. Auf deutsch werden Schubladen gezogen, zu Ziehladen; bei jeder Gelegenheit funktioniert das Deutsche anders als das Französische. Das Französische ist eher eine Nachmittagssprache mit hohen Fenstern, die auf weiße Balustraden gehen, eine schöne Plaudersprache, eine schamhafte Sprache, die das Konkrete möglichst umgeht. Es läßt dem Zuhörer immer Platz, ihm werden keine unwiderruflichen Wahrheiten aufgedrängt. Es ist eine orangenfarbene Sprache wie das Abendrot. Das Französische hatte ihn aufgenommen, es war seine Ausdruckssprache geworden, in ihr konnte er alles sagen und nichts preisgeben.

Als ob er dem Ruf dessen nicht widerstehen könnte, das so unendlich viele Menschen willentlich zerstört hatte, und als ob die französische Uniform ihn in diesem Land, das seine Heimat gewesen war, vor dem jederzeit möglichen Rückfall schützen könnte, forderte er sich selbst heraus und machte sich auf den Weg nach Hamburg.

Der Hamburger Hauptbahnhof war fast zum Wahrzeichen geworden. Die riesige Glashalle setzte das Draußen nach innen, und Kellerlichts Uniform schützte ihn vor möglichen Retourkutschen. Mehrmals hatte er die Elbe überquert, die man durch das rhythmische Auf und Ab der vorbeiziehenden Brückenbögen sehen konnte. Im Abendlicht war das Wasser darunter immer ein wenig gewellt. Der Zug tauchte in der weiten Kurve zwischen den mit Fenstern versehenen Mauern auf, an denen noch Waschbecken, Wasserleitungen und mehrfarbige Tapeten übereinanderhingen; dann sah man auf einmal die vertraute Rundung des Bahnhofs, dessen hallenartiges und samtenes Raunen sein Leben begleitete. Er hörte es manchmal, wenn zufällig sein Geburtshaus oder die Eltern vor seinem inneren Blick auftauchten, woraus alle Erinnerungsbilder entstanden waren.

Seiner Herkunft wegen war er als Zehnjähriger vom letzten Gleis an der Nordseite des Bahnhofs weggefahren, und zehn Jahre später, 1949, war er, unerwünscht, zu Besuch zurückgekommen, er hatte gestört, einfach weil es ihn gab, er war da als ständige Erinnerung an all das, was man gern vergessen wollte. Er hatte dort noch eine einundzwanzig Jahre ältere Schwester, und die Familie hätte es gerne gehabt, nicht mit »solchen« gleichgestellt zu werden. Die Drohung war nun vorbei, und die so viel ältere Schwester hatte nichts mehr zu befürchten, und der Schwager hatte seinen Lehrstuhl als »Herr Professor« wiederbekommen, bloß keinen Verdacht aufkommen lassen, was die Zugehörigkeit angehen könnte! Man war aus »gutem Hause« und wählte CDU. Der kleine Bruder aus Paris bringt nun alles durcheinander. Er wollte nicht irgendwie entschädigt werden. Die kurz vorher entstandene Bundesrepublik Deutschland hatte versucht, die bittere Pille einiger Millionen Vergaster wiedergutzumachen. Ein so dummer wie ehrlicher Wunsch. Seine Familie hatte sich auch damit befaßt und an seiner Statt einige bescheidene sechstausend DM kassiert, nachdem sie ihn schon um den Rest betrogen hatten.

Die meisten Reisen nach Hamburg hatte er Anfang der fünfziger Jahre gemacht, zum Leidwesen seiner deutschen Familie, die zwei Brötchen mehr beim Bäcker bestellen mußte, der sie früh morgens lieferte, während die Kunden noch im warmen Bett schliefen. Das Deutschland des Wiederaufbaus war das Land der weißen Brötchentüten, die vor den betuchten Häusern abgelegt wurden; die Lieferanten mußten bei jedem Haus anhalten; von einem Garten zum anderen hörte man das Getucker der Goliath. Alles war endlich wieder wie früher nach diesen peinlichen Jahren, so zwischen 1944 und 1949, als nicht mehr geliefert wurde.

Um den umliegenden Villen zu zeigen, daß sie salonfähig war und von gar nicht so schlechter Herkunft wie vermutet, stand Kellerlichts Schwester an diesem Morgen sehr früh auf, um den Bäcker abzufangen, wenn er auf seinem alten, abgenutzten Goliath um die Ecke einbiegen würde. Er war an die fünfzig, schlank, muskulös mit Bürstenhaar. Er hieß Walter Krastel, war Vize-Admiral und Rüstungsinspektor, im näheren Umfeld Hitlers und Görings und des absoluten Verbrechens tätig gewesen. Sie ging auf ihn zu, nahm ihm die

Tüte ab und lud ihn zum Tee an einem ihm passenden Tag ein, so sehr wollte sie dazugehören. Sie zeigte ihren guten Willen, man mußte sie wahrlich nicht vergasen, ihre Mischehe hatte sie geschützt, sie hatte ihren philosophischen Arier geheiratet, der in der Nazizeit Buchhalter bei einem Industriellen gewesen war. Der Brotlieferant kam im Vorkriegsanzug mit extra gebügelter Hose. Man hatte für ihn das Familiensilber rausgeholt und Baumkuchen serviert, Mahagonistühle aus dem Biedermeier wurden herangerückt.

Der Schwager war auf seiner Universität und Kellerlicht überlebensschuldig, er hatte der Schwester Beistand leisten müssen. Der Admiral hatte die erwartete Rolle gespielt, von den Engländern aus der Kriegsgefangenschaft Ihrer Majestät entlassen, war er Brotbote geworden und wußte alles von allen im Dorf. Frau Professor war verfolgt worden und Kellerlicht hatte sich sogar als höflich erwiesen, er hatte sorgfältig seinen Bückling ausgeführt, wie es sich gehört, als Fundament der deutschen Dressur. In sich selber hatte Kellerlicht den Vorhang zugezogen vor alle dem, was er von dem Kerl wußte. Er nahm die Scham seiner Schwester als Ausrede, um nichts von Buchenwald, Groß-Rosen oder Dachau zu sagen. Das Unbehagen stieg in ihm hoch, ein Ortsname steckte ihm im Hals, fertig, den er sich aber nicht traute auszusprechen. Der andere hätte sich betroffen gezeigt: »Ja furchtbar, aber wir waren nicht im Bilde, wußten nichts, hatten nur vage Ahnungen, wußten von nichts.« Gesegnete Unwissenheit, sie schützte alles, was man wußte. Die Vernichtung war vielleicht doch nur ein Gerücht; sowieso hätte man nichts tun können, das wissen Sie doch, die ersten Opfer waren wir. Wozu noch davon reden, Millionen Juden und Zigeuner abgeschafft, unmöglich, Quatsch!

Hitler hatte die Energien und die jungen Leute mobilisiert zum guten Zweck: die Juden loswerden und Rußland erobern, das war doch ein großes Ziel, leider war Hitler gescheitert. Sein einziger Fehler: seine Niederlage. Sowieso hatte keiner etwas gesehen, und doch lag das KL Neuengamme nur einen Katzensprung weit entfernt, jeder war zwölf Jahre lang da vorbeigeradelt, ohne hinzuschauen, aus Furcht, auch einmal dahin zu kommen, an den Tagen, als keiner davon gewußt hatte.

Kellerlicht, freundlicher Komplize, betete es ihnen nach und fand auch, daß die innere Emigration viel Mut und Würde abverlangt hatte, der Wortmißbrauch störte ihn nicht im geringsten, er drückte nur seine verängstigte und selbstverständliche Mittäterschaft aus. Das war doch ein Gran zynisch, wurde er doch auf der »guten Seite« geboren. Einige Jahre später, wäre es so um 1941 bis 1943 gewesen, hätte er dann als guter rein arischer Deutscher versucht, sich zu drücken, sich im Schutz seines Jurastudiums in einem Frontbüro zu ducken, er hätte da, wie so viele andere auch, den Umfang der Viehwagen oder den ausreichenden Luftraum in irgendwelchen Anlagen ausgerechnet. Was hätte er in diesen Zeiten, die ihn verschont hatten, wohl verbrochen? Ihn hatte das Exil geschützt, das Exil war sein Unterschlupf gewesen, aber dennoch fraß das Exil das Innere der Seele auf, es löschte alle heimatlichen Orte, Stimmen, Farben und Gerüche aus, es zwang die Seele zur völligen Umorientierung, es verließ den Exilierten nie, der es in sich trug in Brusthöhe, wie kurz vor dem Ertrinken.

Er blickte fast eifersüchtig zu diesen ungeschorenen Zigarrenrauchern, die einfach die »Ereignisse« durchgelebt hatten und zur Schwester zum Tee kamen, von dem er zuviel trank und der ihn um den Schlaf brachte.

Deutschland hatte seine Klubsessel mit Aschenbecher, seine Sitzbänke und die Familienbilder wiedergefunden. In Neuengamme grünte alles. In den Bahnhöfen blätterten die Erwachsenen nun weniger in den Pappheftchen, die die DP-Kinder (displaced persons) um den Hals trugen und die man von Bahnhofsmission zu Bahnhofsmission schickte, bis sie die Kinderheime in Bayern erreichten, wo sie aufgepäppelt wurden in der »frischen Luft«. Auf den Straßen knatterten die Goliaths, diese dreirädrigen befensterten Motorräder, die überall die Wunderwaren der überbordenden Geschäfte des Wiederaufbaus beförderten. Alle Straßen waren in Lichterketten verwandelt, die vor einigen Jahren noch nur von den Bombardements beleuchtet waren; es roch überall nach Bratwurst und Lebkuchen.

An den Kreuzungen zu einer Zeit, als die Ampeln noch selten waren, standen die Polizisten auf einem wie die Schranken schwarzweiß gestrichenen runden

Podest. Zur Weihnachtszeit hielten die Autofahrer an und gaben sich Mühe, vorschriftsmäßig an den vorgesehenen Stellen zu parken, und legten dann ihre Bescherungen zu Füßen des operierenden Schupos. Am Abend stand er umhäuft von Schinken, Flaschen, Kisten aller Art, allerhand Delikatessen. Hommage der Bevölkerung an den »Freund und Helfer«.

Die Reisen führten in den Norden Deutschlands, als ob die Landwege oder Wälder wieder aufscheinen könnten, wo sich die Adoleszenz hätte abspielen können, am Dorfrand unter dem hohen Rauschen der Buchen, mit jenem Gleichaltrigen, zart und sanft, grausam und schüchtern. Von Geburt aus war Kellerlicht dem entgangen. Keine Geste, die man wagen würde, die einen kompromittieren könnte, man war immer zusammen, gruppenweise.

Überall sucht das Auge nach der begeisterten Vernichtung, die überall hätte geschehen können oder geschehen war, deren Spuren aber zu selten waren, um in der Geschichte auch nur erwähnt zu werden. Vielleicht konnte man das Entsetzen an diesen Baracken erkennen mit den abgerundeten Dächern aus Teerpappe und den Fenstern wie die Flügel eines Insekts.

Beim Vorbeifahren versuchte der Blick die Einzelheiten zu erforschen, die noch aus der Zeit vor 1945 stammten: die Wasserkräne der Bahnhöfe, deren lange Röhren bis zu den Lokomotiven reichten, die Signale am Gleis, rot oder grün, die aus den Traglasten ragten und auf freie

Fahrt oder Halt zeigten und deren Ruckeln sich dann im Inneren der Viehwaggons von einem Deportierten zum anderen übertrug, nur abgeschwächt, derart dicht gedrängt standen sie da, eingeschlossen, und sahen durch die Ritzen kaum die roten Backsteinmauern mit rußbedeckten gotischen Bogen.

Die innerste Natur des damaligen Deutschlands war die Hinrichtung gewesen. Sie war überall zu jedem Augenblick da: bei den Appellen, an den roten Mützen der Bahnhofsvorsteher, im lauten Zuschlagen der Wagentüren, im Rauschen der Bäume, alles hatte die Substanz des Abtötens enthalten.

Und er, Kellerlicht, fuhr französisch mitten durch Niedersachsen, Personalausweis der Republik in der Hosentasche, oben aufgedruckt RÉPUBLIQUE FRANÇAISE, illegitim, dubioser Herkunft, weder Fleisch noch Fisch, aus Versehen durchgekommen, so rollte er da vorbei als Zuschauer, wo andere stumm vor Todesangst, Hunger und Verzweiflung ihrer Vernichtung entgegenfuhren. Ganz im hohen Norden Deutschlands, jedesmal das tiefe Licht an grün irisierten Buchen in der Abendsonne über unerwarteten glatten Seen in kaum gewellten Ebenen, es war ein Deutschland auf Selbstferien im Wohlstand. Die Gewalt befand sich unter einer Käseglocke, immer bereit, vergriff sie sich nie: schwachsinnige Kinder, Dorfidioten, die den Leuten angst machten, und vor allem die Juden, das war toll, man holte schon mit dem Arm aus, in der Werksstatt, im Gasthaus, im Schlafzimmer, man hatte das »Ham« im Leib, das Krachen der Axt im Schädel, hatte aber jedesmal die SS für sich selbst serviert. Jenes Nachhitlerdeutschland, jenes 1954er Deutschland war behaglich, überall beschildert mit kleinen Holzmännchen, die sich den Bauch hielten, und darunter die Buchstaben »OO«. Innen war alles piekfein sauber, tapeziert. Jeder konnte alles vorzeigen, alles stand unter Aufsicht. Es konnte nichts Unerwartetes geschehen, alles war sanft und unerbittlich.

Von Jahr zu Jahr beruhigte sich Deutschland, die Männer auf den Straßen stampften weniger, die deutschen Mütter hatten nicht mehr den strengen, zur Fahne gerichteten Blick. Man schien sich weniger dem gehorsamen, auf Mißgeschick eingestellten Selbstbild anzupassen, das jeder mit sich rumschleppte. Von dem Deutschland seiner Geburt kannte er alles, es war immer sein Selbstkomplize, der das alles von der Kindheit her kannte und alles von jedem. Es war, als gäbe es keine Geheimnisse, als ob jeder sein Innenleben vor sich selbst hertrüge, wie ein hochgehaltenes Freiluftbüffet, ein Schubs, und alles fällt raus.

Es fehlte nur noch das »Deutschland über alles«, das Stillgestanden und im Hintergrund eine Festung, der bronzene Richard-Wagner-Dolch. Das Eherne blieb irgendwo in den deutschen Seelen eingemeißelt. Sie brauchten Glattes, große plane Flächen, Wiederholbares und vor allem keine Experimente.

Jeder knabberte ein wenig am Grünzeug der Landschaft, die Gärten wurden etwas größer, die Städte auch, man hatte sein Zuhause, die Heimat, die Gegend, die man in sich trug und die man in den dicken Möbeln und an Weihnachten wiederfand: *Stille Nacht, heilige Nacht*, Kringel, Kerzen, Gas und Gans.

Alles lag im Frieden unter dem Mondlicht wie damals, als der Sohn draußen auf dem Schlachtfeld war, 1943, und für den Führer kämpfte. Keiner glaubte noch wirklich daran, man revanchierte sich mit Witzen über den GRÖFAZ, den größten Feldherrn aller Zeiten. Das Fürchterliche war die Allgegenwart des Führers und der Hakenkreuzler, ansonsten war doch alles in Ordnung, da war das mit den Juden, aber daran wollte man nicht mehr denken, man hatte sie doch alle entschädigt. Man sollte sich eher die deutschlandschönen Bilder von Ludwig Richter ansehen und seine behütete Welt, Rotkäppchen im Wald: ein großer Baum füllt das ganze Bild aus, alles ist genauestens gezeichnet, die Baumwurzeln im Vordergrund, eine abschüssige Wiese, wo Rotkäppchen sich hinkniet: ihm Gegenüber das Haus mit spitzem Giebel und Butzenscheiben, rechts der Schmied und sein Gehilfe, links der Gastwirt im Dreispitz. Hinter dem Lattenzaun der Gemüsegarten und der Buchenhain und auf der anderen Seite die roten Dächer des Dorfes und das eiserne Gasthausschild, vergoldetes Schwein in der Mitte und Teller über dem Eingang.

Alles ging seiner Wege: Die Häuser häuserten, der Verkehr verkehrte, die Tische tischten und die Telefone telefonierten. Man konnte überall herumspazieren,

Waldpartien gab es bis in den Stadtkern, Grünanlagen zwischen den Reihenhäusern, wo jeder den anderen verpetzte und die Mülleimer überwachte.

»Steig aus und wandere« vom Straßenrand aus ins Wunderland und setz dich auf deine vom Kaufhof spendierte Bank, »mach mal Pause«, erhol dich auf dem Trimm-dich-Pfad. Lauf zum Waldcafé oder zur Waldgaststätte, wo die Bäume große Schattenflecke auf die Tischdecken werfen. In Deutschland, soweit man sich auf die Bilder einlassen konnte, saßen noch überall unter den rauschenden Buchen der Gartenlokale oder Waldcafés wild brüllende bärtige Pathethiker.

Zu dieser Zeit, in den Jahren 1948 bis 1952, war Deutschland noch ganz jung und frisch – die Nachbarländer konnten davon ein Lied singen – reichlich ausstaffiert mit zarten Jünglingen in kurzen Hosen, die mit zwanzig noch wie hochgeschossene Fünfzehnjährige aussahen, meistens unberührt, aber fingererfahren und Dichter. In den deutschen Büchern, die Kellerlicht las, versuchte er stets frische Jünglinge zu finden und hatte einige entdeckt, er hatte *Unterm Rad* von Hesse und danach Thomas Mann gelesen, und Castorp hatte ihn doch ein wenig verwirrt, er hatte irgendetwas geahnt, war aber für solche deutsche Waldbegegnungen nicht sehr begabt, die unter dem Wandervogelzelt endeten; nicht sehr weit entfernt standen vielleicht schon Stacheldrahtzäune.

Deutschland, das war Eiche und Granit, etwas zum Anfassen. Zwischen 1933 und 1945 konnte man sich darauf verlassen, man trug die Begeisterung mit Schulterriemen. Die kleine Alltagsangst drückte so sehr, daß man zu allem bereit war, nur um den Wind in den Buchen rauschen zu hören, man wußte zu genau, was Macht bedeutete, KZs gab es alle siebzig Kilometer, in den Dörfern durften die Herrschaften noch die Diener züchtigen. Jede auch noch so kleine Kirche war gebürstet, von oben bis unten gechniegelt, mit Kupfertafeln versehen, auf welchen die Reliefbuchstaben vor Sauberkeit leuchteten.

Auf den Friedhöfen, die wie Parks voll hoher Bäume aussehen, waren sogar die Schuppen aus Granit mit schweren Bronzetüren für die Gießkannen; die welken Blumen wurden sorgfältig in Papier eingepackt, die Schaufeln- und Harkenstiele waren immer neu, da konnte man sehen, mit wem man es zu tun hatte, bis in die Stadt hinein herrschte das »Naturreich« vor, man begegnete entschlossenen, selbstsicheren Familien, schlicht in diskrete Farben gekleidet, die sich zur Grabstelle begaben, wo unter dem Findling die Lieben ruhen. Man schämte sich beinahe, Spuren im frisch geharkten Sand zu hinterlassen. Die Familie schaute einen von oben herab, sicher, auf der richtigen Seite zu stehen, im Schutz eines blank polierten Deutschlands, eines Deutschlands voller Glastüren und Schaufenster, ein Deutschland, wo nichts passiert war und alles von allein ging.

Von den Bombardements 1942 bis 1943 waren fast keine Trümmer mehr zurückgeblieben, die wenigen Reste gehörten schon zu den Sehenswürdigkeiten der

Europatouren. Man sah kaum noch Wände, an denen das in der Glut der Feuerbrunst geschmolzene Kupfer im Laufe der Zeit von Grünspan bedeckte Rinnen hinterlassen hatte. Die Deutschen existierten wieder, wie sie sollten, und bauten alles im Handumdrehen wieder auf, alles war grün und jung, gesund und gerade gewachsen.

Er stand da am Rand des Bürgersteigs an den Backsteinmauern, über ihm riesige Himmelfluchten und auf einmal des Gefühl, wie jeder andere zu warten. Kein Mensch achtete auf ihn, aber normalerweise hätte es ihn gar nicht geben dürfen, und schon gar nicht auf dem Bürgersteig, ihn abzuschaffen hätte keinem geschadet. An Nachmittagen konnte man zwischen 1940 und 1942 die langen engreihigen Kolonnen sehen, die zu den Bahnsteigen etwas außerhalb der Stadt gingen, mit jedem, so wie er war, in Anzug, Kleid oder Nachthemd, wie er eben verhaftet worden war. Man hätte mit einem Stift die Ränder der Angst, die den Brustkorb verengte, kreisförmig nachzeichnen können. Manchmal gingen auch Männer in abgeschabtem, farblosem Feldgrau vorbei mit geflickten Tornistern und Mütze, aber frisch rasiert und in neuen Stiefeln, gerade zurück aus Gronenfelde, wo man alle Spätheimkehrer aus Rußland in einem Lager versammelt hatte, sie blickten stumm vor sich hin und schauten etwas länger auf die glänzenden und glitzernden Gegenstände, wunderten sich nach fünf oder sechs Jahren Rußland über die neuen Straßenbahnen mit den blondhellen Sitzen. Auf ihnen lag grau und unauslöschbar das lange Entsetzen der Gefangenschaft in Sibirien.

Es hatte aber an denselben Bahnhöfen auch andere Abfahrten gegeben, Männer, Frauen, Greise und Kinder, bei denen man sich sicher war, daß sie nie wieder zurückkommen würden, und die wenigen aus Sibirien Zurückgekehrten hatten jedenfalls davon gewußt oder sogar mitgemacht und waren vielleicht vor der Gefangenschaft an solchen Konvois auf den Rangierbahnhöfen vorbeigefahren und hatten auch vielleicht das Kratzen im Inneren der Viehwagen gehört. Die Gebäude, die Bahnsteige, die abgestellten Fahrräder, sogar die Bäume hatten alles mitbekommen und wußten vom Damaligen.

Wäre er nicht auf der falschen Seite geboren, hätte er dann überhaupt die Sicherheit gehabt, nicht einzuwilligen oder sogar mitzumachen, jedenfalls so zu tun, als hätte er von nichts gewußt?

Im voraus hatte man die KZs schon erraten können, als ob jeder deren Konturen schon in sich getragen hätte, als ob jeder Stacheldrahtspulen hätte abrollen können, man vererbte das Unglück vom Vater auf den Sohn. Denn der Grundstoff der deutschen Vorstellung war die Kammer unter dem Dach mit den Figuren auf der Wandtapete, vor der der Jüngling lange Stunden devot wartet und die Kleider sorgfältig über die Stuhllehne legt, das Hemd über die Schultern gezogen, der dann aber ein reifer junger Mann wird und sich bei der SS meldet und bald Scharführer wird.

In den deutschen Vorstädten, damals mit ihren Wiederaufbauhäusern, immer pieksauber mit Garage und Gartenzwergen, hörte man nicht selten junge flehende Stimmen in einem Garten und nach einer gewissen Zeit auch aus dem Kellerfenster das wohlbekannte Klatschen und die dazugehörenden Wehlaute. Der Familienvater las *Freies Forum für Erziehungsfragen* oder die *Fliegenden Blätter,* Literatur über die Körperzüchtigung, ganz nach Geschmack. Und dem Jüngling kommt die Erinnerung zurück: die Landschaften, die Wege, die Sonnenuntergänge, alles ist davon durchtränkt. Auf jeder Anrichte lag noch der »gelbe Onkel« der damaligen Strafen, und das Fenster ist offen. Am Rande der Kleinstadt, an die sich übergangslos Feld und Wald anschließen, liegen am Wegrand die beiden Fahrräder im hohen Gras und man hört die hellen Stimmen von weit her.

An einem Junitag 1950 in der Sorbonne öffnet sich in der großen Aula mitten in der vergoldeten Mauertäfelung ein Rechteck, das man nicht vermutet hätte, und man sah die Berühmtheit leibhaftig zum Pult schreiten, wo ihn Jules Romains erwartete und ihn, zur großen Freude des Publikums, mit Romain Rolland anredete. Kellerlicht gehörte zu den jungen Studenten, denen die Professoren gesagt hatten, sie sollten ihren Thomas Mann umringen, damit er den offiziellen Persönlichkeiten entkomme und sich an der Jugend ergötze. Einen kurzen Augenblick hatten ihn dessen große blauen Augen erblickt und ihn eine kurze Weile angeschaut.

Hatte er gesehen, daß Kellerlicht einer von denen war, die das Laster kopflos machte?

Nichts schien passiert zu sein, und doch lastete etwas Verbotenes auf ihm, das ihn überallhin begleitete und nicht losließ. Er war zu jedem Augenblick dieser Zeuge, der alles wußte und nichts sagte, der ihn so oft in grotesker Stellung zur Schau gestellt gesehen hatte. Alles führte ihn zu seinem Laster zurück. Ein Laster wie eine Herkunft, und solche sollte man nicht beseitigen dürfen? Man hatte viele beseitigt und vergast, die nicht schuldiger waren.

Jahre später in Bonn, damals noch Hauptstadt der Bundesrepublik, stand am Giebel eines Kinos in großen Buchstaben ein Filmtitel *Mit Rohrstock und Peitsche,* die deutsche Fassung eines Films von Lester Knight. Man hatte ihn also wieder einmal erkannt, und das gerade machte ihn schuldig, wegen Deutschland, so wie es nach und nach ins absolute Verbrechen geschlittert war. Alles in Deutschland stimmte, jeder bereitete sich auf den nächsten Moment vor, war für die Zukunft ausgerüstet.

Die berufliche Einstellung hatte ihm ein Fundament verschafft, er hatte kaum noch große Schicksalsschläge zu befürchten, und doch ließ die Überzeugung, als Penner zu enden, nicht von ihm ab, höchstens als Stadtstreicher mit Doppelschnur als Gürtel. Er würde vom Abwaschen leben und hätte eine Matratze im Korridor;

er sah es genau vor sich und alle Geräusche dazu, das Aufmachen der Konservenbüchse, die alte Bettdecke, so abgenutzt, daß sie in den Falten brüchig wurde und nachts kaum über die Knöchel reichte. Er sucht sichere Ecken und bleibt wach aus Angst vor echten Clochards, die sich dort eingerichtet hatten. Das geschärfte Auge erblickte schnell die Mauerausparungen und Zwischenräume, die sich für die Nacht eigneten. Die langen Holztische und die aufgereihten Bettgestelle bildeten im Armenhaus in Nanterre parallele Reihen. Im voraus erahnte er den Mief der alten Lebensmittel im Sack, den man um den Leib binden mußte, eng lagen die schweren Körper der anderen Penner und ihr süßlicher Gestank beieinander. Er war ein Stammkunde der Tischränder in den Refektorien. Entlang der Blechfugen der Wachstücher häuften sich schwarze Reste an; er kannte die genaue Konsistenz des steifen Tuchs und des hart gewordenen Leders. Die vielen Jahre im Internat hatten seinen Sinn für solche Randexistenzen zwischen Kümmerlichkeit und Armut geschärft. Er hatte sich immer zu Niederem bestimmt gewußt, höchstens Staubsaugervertreter.

Schlafecken könnte er sich auch in Pontoise suchen mit seinen Landzungen, nach den Bombardements von 1944 waren viele Häuser zerstört und viele Trümmer zum Verstecken geblieben. Pontoise erklomm man am steilen Abhang über der Oise. Die Dächer ritten übereinander, und die Straßen wurden zu Balkons. Oben wohnten die Senatoren und die Notare an kleinen Gärten hinter hohen Mauern. Da duckten sich unbemerkt die großen Reichtümer Frankreichs.

Als ewiger Student auf Kosten der Frau Baronin war er zur Studentenberatung am Boulevard Saint-Michel 5 gegangen, die nicht weit von der Seine in einem der Prachthäuser aus der Zeit Napoleons III. untergebracht war. Er ging die breite Marmortreppe hinauf und stand in einem dunklen Büro, wo man die Tafeln mit den Stellenangeboten wie senkrechte Bücher aufschlagen konnte, die dann gegeneinanderklappten, als gäben sie sich gegenseitig Ohrfeigen; in rot umrandeten Kästchen wurden Bewerbungen für Stellen im öffentlichen Dienst angeboten, sogar für den Deutschunterricht; das war das einzige Fach, für das er sich ein wenig eignete.

Zum Schluß hatte man ihn nun doch zum zukünftigen Studienrat verdonnert, Beamter der französischen Republik, staatlich beauftragt, die Sprache Goethes kleinen Franzosen beizubringen, deren Eltern gerade die deutsche Okkupation hatten erleben müssen, eine an sich schon monströse Okkupation, die aber dazu noch ein Überfall der blonden Bestie auf die Zivilisation war, diese Okkupation, wie sie mit ihren Krallen den Garten ausgekratzt und durchwühlt hat, ungestüm in die französischen Häuser hineinstürzte, die Türen ausgerissen hat, und die wie Rübezahl, der Deutsche unter den Deutschen, die Bäume für Spazierstöcke hielt. Die französischen Kinder Deutsch zu lehren war fast unanständig, wenn man selber in Reinbek in Holstein geboren ist, Kreis Stormarn. Storm hörte sich ein wenig nach Sturm an, nach Sturmabteilung, nach den kackbraun uniformierten Dorfidioten der SA, die seit 1930 die deutschen Straßen terrorisierten. Zum Glück ignorierten die Schüler noch das Unnennbare, das dieses Fach unmöglich gemacht hätte, und man konnte es 1956 nicht ohne ein Erschauern lehren. Man wurde selber zum Komplizen und verschwieg den Tod, »den Meister aus Deutschland«.

Es wäre fast obszön gewesen, ihn über Paul-Louis Courier dozieren zu hören oder über d'Alembert, und als Gipfel des Witzes über Maurice Barrès. Mittelloser Emporkömmling aus schlechter Rasse und alter deutscher Familie, was ging ihn das alles denn an? Wie erdreistete er sich diese großen Schriftsteller (grands auteurs) für sich zu annektieren, die ihm aber genau so vertraut waren wie jedem anderen auch. Er würde auch über Racine reden können: »La fille de Minos et de Pasiphaë«, es wäre aber unpassend, ungehörig. Er konnte noch so geschickt mit der Feder sein, er hatte volle Hefte mit Abhandlungen, Paragraphen und schönen Worten, alles französisch, und doch, wenn er am Institut[7] vorbeiging, empfand er sich als indiskret, um so mehr, als seine Hoffnung, einen »Académicien« ein-

7 L'Institut, am Quai Conti, ein Gebäude aus dem 17. Jahrhundert, ist der Sitz der Académie française.

mal hinein- oder herausgehen zu sehen, war es die rechte oder linke Tür, immer wieder enttäuscht wurde.

Um Französisch zu lehren, hätte man eine Großmutter in der Corrèze haben müssen oder Cousins in der Bourgogne mit einem Dach wie bei den Hospices de Beaune und eine andere Wohnung in der Gegend von Caen, in la Roque-Baignard[8] oder Freunde in Braffy, die dieses riesige Schieferdach hatten. Dazu brauchte es Käse und Kleinbrenner, voll ausgerüstete Küchen und wirklich önologische Kenntnisse. Rotwein und Waldschnepfenjagd, ein baufälliges Schloß, in dem zerschlissene Gobelins hingen, sonst keine französische Literatur.

Was soll man mit so einer Sprache in Castelnaudary, mitten im Cassouletland oder in Bruay-en-Artois? Natürlich war das Gotische, gedruckt, eine Sicherung vor feuchten Wänden und der Armut, das war eine Promotion, er würde *Malte Laurids Brigge*, ein würdiges Fabrikat, aus ehrbarer Herkunft heranziehen, damit konnte man die Seiten voll endlosen Wörtern verbergen, all dies Deutsche, das man sich im Poitou mit den romanischen Kirchen oder der Dordogne nicht einmal vorstellen konnte.

Für ihn war es die Ostsee und derbe neblige Gestade: dunkle Gewässer, bedeckte Himmel, birkengesäumte Steppen. Eine solche Herkunft verlieh einem Härte im Schenkel und eins, zwei, drei, und so einer sollte

8 André Gide, der da ein Schloß besaß, war dort Bürgermeister (1896 bis 1900).

Madame de Sévigné lehren oder Marivaux! Die französische Literatur: So hatte man ihn wissen lassen, als er einmal bei wichtigen Künstlern zugelassen wurde: Hohe Fenster und Appartements zur Parkseite hin, wo reiche Herren chinesische Henker mit Attaché-Case bestellen, um nackte Mädchen aus gutem Hause an Säulen gefesselt zu foltern.

Er schleppte sein granitenes Turnerdeutsch mit sich, ein dickes Möbelstück, das überall anstieß, mit Kreuzblumen, Krabben und Spitzen, steife Nacken und Fenster, die nach draußen öffnen. Frankreich, wie er es empfand, war das Frankreich der zementierten Michelin-Wegweiser, die an jeder Straße standen, das Frankreich der Laufbrunnen mit Drehhahn und dem »Un train peut en cacher un autre«: »Ein Zug kann einen anderen verdecken« stand auf jedem Warnschild an allen Bahnübergängen, der Schulhefte mit Séyès-Lineatur. Dieses Frankreich bestand aber auch aus all den Geräuschen der Kindheit und aus dem Terpentingeruch, wenn sein Vater die Pinsel reinigte, aus dem Knarren der Flügel der Windmühle. Sie, diese Sprache, diese Schutzsprache, hatte ihm sein Deutsch gerettet.

IV

Ohne besondere Unterstützung wurde er von der Schulverwaltung angestellt, als Hilfslehrer an einem Pariser Gymnasium, das an der abschüssigen Einfahrt eines Metrotunnels lag. Er war Deutschlehrer am Lycée Buffon geworden, und von seinem Klassenraum aus konnte er die Metro in den Pariser Untiefen verschwinden und wiederauftauchen sehen. Er lehrte da seine Muttersprache und beaufsichtigte ein paar Repetierstunden. Die gar nicht bösen Schüler nannten ihn Bunny, denn er hatte vorstehende Zähne.

Das Lehrerzimmer, ein ehemaliger Klassenraum, befand sich auf der Seite zur Metro, es war geräumig mit drei großen Eichenholztischen. Zum ersten Mal begegnete er da Personen, die von Ministern empfangen wurden und doch wie du und ich ihren Mantel an den Ständer hängten. Zu seiner großen Überraschung unterschied sie nichts vom gemeinen Sterblichen, und doch waren ihre Werke publiziert worden; er fraß sie mit den Augen auf. Seine »Wohltäterin«, die in der Rue Pierre Leroux wohnte, hatte ihn zu einem Buchhändler, *Librairie Journaux,* in der Rue du Bac geschickt, der ihn weiterempfehlen könne. Sie hatte ihm von diesem sonderbaren Jüngling erzählt. Er kannte André Gide, der, wenn er mit dem Halbliter-Milchtopf dreimal die Woche vorbeikam, bei ihm *Le Monde* kaufte. Der Buchhändler hatte Kellerlicht gesagt, man schrieb 1947: »Er wird sich bestimmt für Sie interessieren, Ihre Herkunft, Ihre Geschichte.« Er wurde von einer sonderbaren Verwirrung ergriffen, er hatte bestimmte Seiten von *Stirb und werde* gelesen und wieder gelesen. Man findet in gewissen Büchern immer einen eingeweihten Blick, als ob der Leser im voraus erkannt worden wäre. Es ist wahr, zu dieser Zeit hatte er, Kellerlicht, seiner selbst nicht sicher, sich schon einige Male mitnehmen lassen. Ganz oben auf der sechsten Etage angekommen, hörte er dann eine Stimme hinter der Tür, eine Männerstimme, und dann die einer Frau. Panisch rannte er die Treppe wieder herunter. Dem Ruhm in Person zu begegnen, vor der Literatur, wie sie leibt und lebt, zu stehen, dem war er doch nicht gewachsen.

Auf der anderen Seite des langen Eichentisches des Lehrerzimmers stand eine sehr junge zierliche, hübsche Frau in einem grünen, taillierten Mantel mit großen runden Knöpfen in derselben Farbe. Er erkannte sie auf den ersten Blick, es war, als wäre sie durch alle Bilder, Landschaften mit ihm gegangen, überall, auf der Holzbrücke über der Oise mit ihren Pappelreihen, unter den weit vorbeiziehenden Wolken, auf dem Bahnsteig zum Zug. So oft hatte er sich gefragt, wo sie gerade sei, was sie mache. Er fühlte sie existieren in einem ganz nahen

Irgendwo, das zu jedem Augenblick erreicht werden könnte, aber nur in einem einzigen Moment stattfindet, und doch bringt jede Sekunde diese unvermeidliche Begegnung näher. Nur eine Reihe von Zufällen und keine andere führt zur Begegnung. Von Gelegenheit zu Gelegenheit, von Ereignis zu Ereignis, eine Anreihung, die nichts unterbrechen noch ändern konnte, da doch alles zufällig geschah, so daß die Begegnung nicht anders als stattfinden konnte; es war, als hätte er sie schon immer gekannt, er fühlte sie durch den Körper einfach so, dir nichts, mir nichts redete er sie an, und sie antwortete ganz natürlich, und alles setzte ein.

Er führte sie ins Musée d'Art Moderne, im Palais de New-York, der bald wieder Palais de Tokio werden sollte, und fing an, sie zu belehren, und brüstete sich mit einem Wissen, das er kaum hatte, als ob sie belehrt werden müsse. Er wurde pädagogisch und weihte sie in die französische Malerei ein, über die sie genausogut Bescheid wußte wie er. Er mußte sie doch in die wahre Kunst, die Avantgarde einführen, oder was er dafür hielt – Roger de la Fresnaye oder Othon Friesz, das war schlechte Malerei, und Maurice de Vlaminck, belehrte er sie. Er spazierte so durch die Malerei, als sei er zu Hause, da konnte keiner ihm was vormachen, er war eingeweiht worden, kannte einen Freund von Robert Delaunay, der einmal im Museum vor sich hin brüllend mit seiner Pfeife eins von dessen Bilder abkratzte und kläffte: »Die Sau, die Sau«, bis der Direktor kam, dem er dann erklärte, Sonia, die Frau von Delaunay, hätte vor Eifersucht die Bilder übermalt. Mit solchen Anekdoten konnte man dick auftragen und angeben, er war nicht irgendwer. Er würde bald eine Autorität sein.

Dann gingen sie ins Kino. Amüsiert und großzügig ließ sie ihn gewähren, sie sahen sich *Noblesse oblige* (*Kind Hearts and Coronets*) an. Sie wußten nicht so recht, wie man es macht. Sie hatten bisher nur auf der Straße Leute sich küssen gesehen oder eben im Kino, aber der Zungenkuß, von dem sie nichts wußten, kam ihnen von selbst. Im Internat spielten sich die Liebschaften ohne Vorbilder ab. Nachher, den Feinschmecker spielend, hatte er sie ins Restaurant *Le Voltaire,* Place de l'Odéon, geführt und wußte nicht einmal, wie man in ein Restaurant kommt. Plötzliche Kühnheit hatte ihn erfaßt, sollte er nicht genug dabeihaben, könnte sie ihm immer noch ihr Portemonnaie unter dem Tisch reichen. Das Restaurant gegenüber dem Theater war vornehm, mit seidenbestickten, weißen Tischdecken, diskrete Atmosphäre, ältere Kellner, souverän zuvorkommend. Er hatte es vorher ausgesucht, es war elegant mit Vorhängen und schien nicht allzu teuer. Im Notfall gab es die wohltätige entfernte Cousine, sie würde den Chauffeur hinschicken. Es lag in einer leichten Kurve des Odéonplatzes, man war da unter sich, unter denen, die im Bild waren. Sein erster Lohn als Hilfslehrer reichte aus, und die Rückfahrkarte hatte er sowieso in der Tasche. Am selben Abend hatten sie sich verlobt.

So sollte er rasch ihre Intimität kennenlernen, er,

der nie eine gehabt hatte, er, der nur in Schlafsälen, Korridoren oder Mansarden übernachtet hatte, der kaum ohne die Angst, ertappt zu werden, praktiziert hatte.

Er war gänzlich von dieser zierlichen Silhouette in ihrem dunkelgrünen Mantel mit den dicken Knöpfen eingenommen, sie, die ihn mit diesem zärtlichen und wissenden Blick der aufmerksamen Frauen anschaute. Die Liebe rückte alles an seinen Platz und befreite ihn von dem Mansardenmief, von den anrüchigen Geräuschen und den glitschigen Hautkontakten. Es war sofort so gewesen, wie es eben war, er gehörte nicht zu dem kraftstrotzenden, vollbehaarten, unersättlichen Gemänner, für das es nur Weiber gab, auch hatte ihre Stimme einen so beruhigenden Tonfall. Ihm war, als wäre er gerade in den Stimmbruch gekommen. Beide waren noch unberührt, er war es nur vorne. Im Internat hatte er das schwarze Licht kennengelernt, er hatte sich nie dadurch entehrt gefühlt, die sonderbare Erwartung des Gekipptwerdens hatte ihm Sicherheit verliehen: Bis dahin hatte er sich nur das horizontale Hin und Her imaginiert. Und jetzt war er in unsäglicher Hochstimmung, die ihn sich selbst bis zum Erzittern entriss. Das passierte auf der Etage, denn sie lebte seltsamerweise im Dazwischen zwischen dem zweiten und dritten Stock. Kellerlicht wunderte sich immer über dieses Appartement auf zwei Niveaus. Auf dem zweiten wohnten mit die Schwiegereltern, aber auf dem dritten knarrten die Betten nicht, man hörte ihn nicht von weitem, wie im

Schloß-Waisenhaus, wo man sicher sein mußte, daß keiner an der Tür horchte.

So hatte sich Kellerlicht eines Tages 1956 in einer Wohnung gegenüber dem *Café Léon* niedergelassen, von dessen Fassade ein alter steinerner Löwenkopf prangte, darüber breitete sich die Aussicht bis Montmorency aus. Die Banlieue entstand gerade aus dem Schlamm der aufgegebenen Felder und Wiesen der alten Île de France, jetzt durchfurcht von breiten Reifenspuren, aus denen verstümmelte Apfelbäume herausragten. Die hölzernen Auslagen der Fleischereien hatten ihre alte Rundlichkeit behalten, deren Oberfläche so oft geschabt, gescheuert, gerieben wurde und sich so sanft unter der Hand anfühlte. Die Schlüsselbunde waren noch schwer zu tragen.

Man begegnete noch Pferdegespannen inmitten von Paris, es war die Zeit des Films *Die Katze* von Granier-Deferre mit Simone Signoret und Jean Gabin in Courbevoie, wo er sich einmal verirrt hatte, bevor er da dann einkaserniert wurde. Vielleicht war er auf der Suche nach zarten, sorgsamen Männern gewesen, wie eines Tages am Quai de l'Hôtel de Ville, bis spät Rue Notre-Dame des Champs, ganz oben in der sechsten Etage mit auf dem Balkon offenem Fenster.

Er lebte also appartementiert gen Straße, und drinnen gab es Anrichte und Eßtisch, so lernte er wie jeder andere zu leben. Er hatte sich in diese Familie eingeschlichen, die er nun durch seine seltsame und schon reichliche Geschichte verwirren würde. So lernte er winzige Verzweiflungen kennen, winzigen Kummer kennen und große Freude, die aber unermeßlich wie die Kindheit waren: bei einem Flecken auf der schönen Sonntagsdecke oder einem Riß im alten Porzellan, das die Mutter putzte und putzte, oder auch über einen Blumenstrauß am Sonntag. Es gab also im Bereich des Belanglosen unermeßliche Traurigkeiten und Fröhlichkeiten, bis zum Seelengrund, alle diese Kleinigkeiten waren lebenstief, man brauchte sich nur die Gesichter anzusehen, um sich dessen zu vergewissern, von alle dem, was in ihnen geschah, sah man nur ein leises Aufzucken, einen Wimpernschlag, eine kurze Bewegung des Mundes, aber vom Ausmaß im Inneren sah man nichts.

Nun also, da sie doch seinen Namen annimmt, macht er aus ihr eine *»schlecht Benannte«*, *»Seine Frau«* als sei sie sein Besitz, etwas, das man gebrauchen, anwenden könnte, und dazu sollte er ihr diesen grotesken Namen aufzwingen mit allen diesen unaussprechbaren Konsonanten aus dubioser Herkunft. Sie mußte sich eine neue Signatur erschaffen, ihre alte, lange am Rand ihrer Schulhefte geübte aufgeben. Er stellte sie sich vor, wie sie ihre Paraphen zog, am kleinen Mädchenschreibtisch sitzend. Das Sonderbare fängt immer hinter der Tür an. Kellerlicht war ein wirkliches Objekt der Verwunderung, von irgendher gekommen, war er auf einmal da; aus doppelt fraglicher Herkunft: deutscher Provenienz und aus minderwertiger Rasse und gerade da hineingeschneit, und dabei war der Vater der jungen Braut ein Kämpfer des französischen Widerstands, der Résistance, gewesen. Er leitete das Schiffswesen einer großen Autofabrik und hatte damals Waffen und Verfolgte in den Doppelböden der Frachtkähne versteckt, und gerade ihm schickte das Schicksal diesen jungen Deutschen, der ihm seine Tochter wegstehlen sollte. Er war ein wenig untersetzter Mann von energischer Bescheidenheit, der nicht wußte, was er mit diesem schlaksigen Gewächs wohl machen sollte, der noch nie Hammelkeule gegessen hatte und sich davon zwei Portionen servieren ließ.

Die Liebe besteht auch darin, zu fühlen, wie die Geliebte existiert. Nach kurzer Zeit hatte er ihre Familiengeräusche in sich, das Quietschen der Rumpelkammertür oder des Küchenfensters, das Wischen über das Wachstuch, so viele von diesen winziggroßen Sachen, die einem den Hals zuschnüren, wenn man sie nicht mehr hat. Er hatte das Heimweh, das einen von unten nach oben ausfrißt, gekannt, und ohne daß er es geahnt hätte, vielleicht weil das Licht sich änderte und breite Sonnflecken über die Bürgersteige huschten, kam ihm all das Vergangene wie ein Schluchzen unter derselben Beleuchtung wieder hoch: Nachmittage und breite Schatten, die sich über die Berge spannen, dazu die seltsame Geschwindigkeit der Vögel oder der Wasserfälle und der grauen Bäche, die die Abhänge herunterschnellen.

Sie gingen viel in diesem Viertel der plötzlich überall

aufschießenden Wohnhäuser spazieren, zwischen Gärten und Einfamilienhäusern. Die Stadt lag auf halber Höhe irgendwie schief und verlor sich im violettgrauen Nebel des Père-Lachaise-Friedhofs, ein steiniger Park, durch den schräge Pfade laufen, von Grabmälern und Grabreihen gesäumt, deren kupferne Arme sich die Hand von einer Platte zur anderen reichen. Geharkte Wege führen zwischen Laternen und Pyramiden unter hohen Bäumen an alten eingenickten Baldachinen aus Blei vorbei. In diesen Jahren zwischen 1956 und 1960 begegnete man des öfteren einem älteren hochgewachsenen Mann mit zerfurchtem Gesicht und Koteletten in einer grünlichen Uniform aus der Zeit Napoleons, mit Zweispitz und Kokarde. Wenn man ihn aus einiger Entfernung erblickte, verschwand er sofort hinter einem Grabmal; er schien aus einer anderen Zeit zu kommen, einer nicht sehr entfernten Geschichte; die Gegenstände waren noch dieselben. Das Äußere der Geschichte hatte sich wenig verändert, die Stiche, Zeichnungen und Bilder zeigten noch dieselbe Welt, und auch dieser ältere Mann mußte mit der Métro oder dem Bus fahren und sah neben dem Pferdgespann etliche Lastwagen und Autos. Vielleicht hatte er sein Zimmer in der sechsten Etage mit Gas und Strom trotz aller Geschichte.

Von ihren Landschaften wußte Kellerlicht recht wenig, manchmal war von einem Dorf in der Sarthe in der westlichen Mitte Frankreichs die Rede. Sie gingen oft zum Park der Buttes-Chaumont, eine steile Landschaft mitten in der Stadt, voller Abgründe, Riffe und Gipfel, ein zur Zeit Napoleons III. in den ehemaligen Gipsbergwerken eingerichteter Vergnügungspark. Grünzeug überwucherte künstliche Felsen, und dazwischen verband eine Hängebrücke einen Tempel mit einem Pavillon, und weiter hinten erblickte man die entfernten Hügel der Vorstadt, eine Geographie von Eisentreppen zwischen hohen Wohnhäusern und Fabrikdächern. Eine durchgängige Linie Eisenbahngleise durchschnitt die ganze Anhäufung der Gebäude. Während dieser vielfältigen Spaziergänge breitete sich vor ihnen die ganze Stadtgeschichte aus; die Geschichte des ganzen Landes hatte sich doch in dieser einen Stadt abgespielt, denn von den Provinzstädten stand in den Geschichtsbüchern wenig. Von ferne sah man den Eiffelturm, das hochragende Dach der Opéra, knapp die Türme von Notre-Dame und etwas weiter die zu hohe und zu magere Kuppel des Panthéon, in dem Frankreichs Größen begraben sind. Voltaire, Jean-Jacques Rousseau, Victor Hugo, Sadi Carnot, Émile Zola, Jean Jaurès, Jean Moulin, Jean Monnet, Pierre et Marie Curie, André Malraux.

Sie waren alle, auch wenn es in heutigen Tagen ziemlich verpönt erscheinen mag, Menschen gewesen, die sich für das Wohl anderer, für die Denkfreiheit eingesetzt hatten, für die ungerecht Verurteilten, für religiöse Freiheit, für die Unterdrückten, die Verfolgten, gegen den Antisemitismus, für die soziale Gerechtigkeit, für Europa, für die Wissenschaft oder den Widerstand gegen den Nationalsozialismus. Sie alle repräsentierten Frankreich mit all seinen Provinzen und Landschaften, und man mußte von weitem nur auf diese Kuppel schauen, und schon hatte man den schönen menschlichen Mythos vor Augen.

Nach Osten gingen über dem Plateau d'Avron die Farben ineinander über, und hinter den Gebäudereihen der Banlieue zwängten sich vergessene Gärten, ganz plötzlich von den Höhen von Romainville unterbrochen. Die Aussicht trug einen immer weiter in ein schattenloses Licht, das von den Baumreihen und Häusern gesäumt war. Von da aus entdeckte man den ganzen nördlichen Teil der Stadt, die Sacré-Cœur, den Mont Valérien und den dreieckigen Giebel des Arc de Triomphe.

Oberhalb dieser Aneinanderreihung dieser Anhöhen verlief ein schmaler Weg durch hohes Gras, auf dem man ab und zu immer ein wenig erbärmliche und oft abgewiesene Päderasten traf, die man sofort an ihrer in die Ferne schauenden Mine erkannte und die von einer verfehlten Gelegenheit zur nächsten zur Einsamkeit gezwungen waren, von verwirrten Adoleszenten verjagt.

Sie auch hatte sie bemerkt und wahrscheinlich seine Gedanken erraten, jenes mögliche Bild seiner selbst. Manchmal fuhren sie auch bis Compiègne in den großen Wald, und vielleicht wußte sie, was seine Phantasie antrieb, es kam vor, daß sie seinem Blick folgte, der sich auf einmal festsetzte, wenn am Wegrand Haselstauden wuchsen, sofort suchte sich das Auge die passende Gerte aus, ausreichend lang und zäh. Das waren Träumereien, die dem wirklichen Leben nicht im Wege standen und nie damit verwechselt wurden, er hatte doch Tisch und Dach. Er stellte sich die Frage, ob er nicht vor allem dort verkehrte, weil der zukünftige Schwiegervater beim Erdöl arbeitete, wie er sagte, sie hatte es ihm mitgeteilt, als sie den Boulevard de Grenelle hinaufgegangen waren, und er hatte sich die breite Avenue Bosquet und den Maître d'Hôtel vorgestellt, der die Doppeltür öffnet und das Schloß in der Sologne. Aber er hatte ein ganz reines Gewissen, er war in sie verliebt.

Rasch aber war es eine Etagenwohnung im Saint-Fargeau-Viertel geworden, und sowieso konnte er nicht mehr zurück. Er spielte ein gefährliches Spiel, das immer das Unglück des anderen zum Inhalt hatte. Vielleicht brauchte er ein wenig Zynismus sich selbst gegenüber, bevor er sich ganz der Liebe, der Frau hingab, es genügte, ihr Gesicht anzusehen, das ihn geduldig ansah. Sie mußte über wahre Liebeskraft verfügen, um ihn von seinen Männerphantasien abzubringen.

Bis dahin hatte er nur im Infantilen gelebt und im Scheinbaren der vagen Berührungen, der naiven Handlungen und dem Rausch des Draußen, der Talöffnungen, der brausenden Winde und der sicheren Stellen, wo Birken und Haselnuß wachsen, und man mit jenem anderen den Schulmeister spielen konnte, an Ruten fehlte es nicht. Das hohe Morgengras voller Halme, die sich um die nackten Beine schlingen, und die Berge, hinter denen die Sonne aufsteigt. Wie man die Wiesen hinunterlaufen konnte. Nun aber rückte die Liebe dieser Frau alles zurecht, vielleicht hatte sie auch ihre Abgründe. Es hatte nicht einmal eines Geständnisses bedurft, einige Anspielungen mit zugeschnürter Kehle hatten genügt: Rute? Direktorin, Aufseher – und alles war verstanden worden.

Die Hochzeit fand Anfang Juni statt. Man hatte ihm einen Anzug von einem benachbarten Schneider machen lassen, und von der Straße hätte man ihn ärmellos sehen können, mit ausstaffierten Schultern und ganz mit Stecknadeln garniert. Sie strahlte, und nichts war bewegender, als sie dieses Glück genießen zu sehen, eine solche Freude zu verderben wäre das allergrößte Verbrechen gewesen. Jeder weiß, wie es mit dem anderen ist, und jeder weiß um die Mitte, die man nie treffen darf. Es war so einfach, man brauchte sich nur gleiten lassen. Die Liebe bedeutet nichts anderes, als den anderen zu sehen, dieselben Wege im gemeinsamen Licht, durch Waldschneisen mit ihr zu gehen, und doch hatte man noch die Internatsstrafen in sich, das lange Warten, die devote Hingabe, die Tränen, für sie waren das nur fremde Erinnerungen.

Die Zeremonie fand in der evangelischen Kirche *Le Foyer de l'âme* statt, Rue du Pasteur Wagner, ein rechteckiger, bescheidener Saal im ersten Stock, wo alte Weiber, die keiner kannte, den Zugang zum kärglichen Buffet versperrten.

Ihre dreitägige Hochzeitsreise führte sie in das nahe Saint-Piat zu Frau Nicolas, ein ganz kleines Gasthaus, billig und mit guter Küche. Sie gingen zu Fuß nach Chartres, aßen zu Mittag im renommierten Cazalis, besichtigten die Kathedrale und fuhren mit dem Zug zurück zu Madame Nicolas. Sie lernten den dicken Robert kennen, dessen Frau sie wissen ließ, ihr Mann sei ein »Architnek« und begebe sich des öfteren zu den »Antikitaren«. Am vorletzten Tag gingen sie nach Gallardon, den breiten Zylinderhut betrachten, der als Schild vor einem Laden hing, und die Burgruine, die über dem Abhang wie eine Warnung stand. Sie lernten die Wunder der Körper kennen, es war doch so einfach, die »natürliche« Lust, die so ganz anders war als die andere, die umgekehrte, die er gekannt hatte.

Auf einmal fühlte er sich in Sicherheit, er konnte von Zukunft reden. Er war nun Staatsbeamter, im Dienst der Republik, verheiratet, bald mit Kindern; man würde ihn aber doch ausfindig machen, irgendwas war da nicht in Ordnung; das Damoklesschwert hing über ihm, obschon er wie Fats Waller sagte, *one in a million is lucky in love*.

Nun mußte er auch seine junge Frau denjenigen vorstellen, die von seiner Familie am Leben geblieben waren: Schwester und Schwager, die ihn schon lange satt hatten, er hatte ihnen sein ehemaliges Familienhaus abtreten müssen, und sie brauchten ihn nicht mehr. Er nahm sie mit in dieses sonderbare Land, wo sie sonst nie hingekommen wäre, einmal mehr war er für das Land bestimmt, das ihn verworfen hatte, wo man ihn nicht haben wollte. Dieses etwas behäbige, ungelenke, langsame Land war nicht ihr Land; da war alles immer in Ordnung. Man wußte es doch, einige gelb angestrichenen Schlösser eigneten sich besonders für gewisse Experimente, wie sie in Grafeneck oder Hadamar stattgefunden hatten, und in Kellerlichts Phantasie konnte man die Schlösser nicht mehr unterscheiden. Manche davon waren Internate geworden. Die Deutschen hatte die junge Frau 1940 als Mädchen erlebt, zu Beginn der Okkupation, in Saintes, eine ruhige, verschlafene Stadt, wo das Gras zwischen den Pflastersteinen vor der Saint-Eutrope-Kathedrale wuchs und wo sich seit den Römern kaum etwas verändert hatte; sie war da mit dem Vater gewesen, und als eine deutsche Truppe vorbeimarschierte, ließ er sie sich umdrehen, so hatte sie nur das Donnern der Stiefel der Blonden gehört. Grünspanuniformen, wie man sie nannte, waren allgegenwärtig, aber in der Métro stiegen viele Reisende in den letzten Wagen ein, weil die Juden, soweit sie noch nicht deportiert waren, nur im letzten Wagen fahren durften.

Eines Tages, an der Porte des Lilas, einem Sonntag, unter der Sonne des Jahres 1942, hatte sie einige von denen gesehen, die sich eine Tüte Obst gekauft hatten und die sich, abseits einer Auslage, die Pfirsiche in den Mund stopften, so daß der Saft den Soldaten zu beiden Seiten über das Kinn herunterlief. Sie waren immer auf der Suche, nicht so sehr nach Nahrung, sondern nach den verschiedenen Geschmäckern, die sie nicht kannten, und nach den verschiedenen Beschaffenheiten, denn seit Jahren hatte das Hitlerregime sie zu fahlen Lebensmitteln gezwungen, um den Krieg tief innen in den Körpern zu befestigen. 1940 – 1941 – nachher war es die Zeit der Restriktionen gewesen – sah man sie in der Bäckerei Sala, im Erdgeschoß ihres Hauses, auf einer Glasplatte waren Schokolade-Torten im Schaufenster ausgestellt. Sie kauften immer zwei oder drei davon und mampften sie sofort auf.

Eines Julimorgens des Jahres 1956 stiegen sie beide in den Paris–Kopenhagen-Zug, einen ganzen Tag im Abteil mit Butterbroten; im Speisewagen nahmen sie nur einen Kaffee ein, aber auf der Rückfahrt war er entschlossen, sich Spiegeleier mit Speck und Bratkartoffeln zu spendieren, das war sein Leibgericht; die deutsche Sprache hatte ihn sofort wieder in Besitz genommen, alles war wieder da: das Morgendröhnen von der Straße hinter dem Garten, das Buchenrauschen am Waldrand, der weiße Sandweg im Gras und die vorbeiziehenden Wandervögel, voller Innigkeit und mit Hornknöpfen an den Hosenträgern und Klampfe im Arm; am Bahnübergang warten sie mit nackten Schenkeln, die Hosen bis zu den Lenden hochgekrempelt, immer ergriffen und bewegt; sie waren voller Begeisterung und wähnten, sie seien die einzigen. Sie ergaben sich dem fieberndem Körper und liebten sich gruppenweise. Die »Führer«, kaum älter, denen sie anvertraut wurden, betrieben unterwegs im Zelt Sodomie, und sie entledigten sich ihrer

Schuldgefühle bei den ihnen bestimmten Feinden, den Juden insbesondere. Die meisten konnte man dann später in der NSDAP wiederfinden.

Nun, fast zehn Jahre später, empfand Kellerlicht noch immer diesen Druck, der auf seiner Brust lastete, wenn er über die deutsche Grenze kam, man hätte ihn doch verhaften sollen, wegbringen, abschaffen, und dabei ließ er sich von deutschen Schaffnern und deutschen Heizern chauffieren, diesmal aber mit der Geliebten zusammen. Und kurz vor Aachen spürte er den Druck auf der Brust nicht mehr. Auch hatte er seinen Paß der République Française in der Tasche, er gehörte nicht so sehr zu den Siegern als zu einem Land, in dem keiner dem anderen seine Meinungen vorwarf.

Von Zeit zu Zeit schaute er zu ihr hin, um zu sehen, wie es einer jungen Französin ergeht, die zum erstenmal auf diesen schwarzen Kontinent zufährt, der ganz aus Furcht und dunkler Masse besteht, die vier Jahre lang alle Geister gelähmt hatte. Sie schaute aufmerksam auf die ihr unbekannte Landschaft, als wolle sie die Spuren der Unterdrückung entdecken, die Paris zuerst und dann ab 1942 das ganze Land überwältigt hatte, Millionen wurden beseitigt. Morgens beim Aufwachen spürte man beim Vorbeistapfen der Stiefel im Gleichschritt vor den Türen in sich die Stange der Furcht hinaufsteigen, bis sie hinter der Straßenkreuzung verschwanden, da, wo sie sich im violetten Nebel des sich neigenden Herbstes verteilten, über den Grashalmen, die sich einzeln am Flußufer wiegten. Etwas weiter hatten andere nur noch einige Stunden Lebzeit vor sich gehabt und gehofft, daß man ihr Schaben und Kratzen an der Schiebetür hören würde, aber sie, die Inhaftierten, wußten, alles ist vorbei.

Durch die Fenster, wo die Sicht bis Montmorency mit allen Himmelsfluchten reichte, hatte sie oft die Okkupanten defilieren sehen mit Helm und Waffe, und jedesmal empfand sie ein Wutzerren im ganzen Körper. Konnte man sich etwas Ungeheuerlicheres vorstellen als eine solche Besatzung des Leichten, des Zivilisierten durch das Steife, das Harte, das Kompakte, das auf einmal ins Gelöste unbefangen hereinstürzt? Die germanischen Horden wieder einmal.

Im Zug sitzend, sie in Fahrtrichtung auf der Fensterseite, sahen sie die Bäume und Wiesen, wie alle anderen, und doch schien ihm das Licht weniger hell, das Licht war weniger scharf, und doch leuchteten die Farben auf. Der Zug fuhr entlang eines hohen Bahndamms, hinter dem Hecken Felder eingrenzten, alle mit einem ähnlichen Bretterzaun; es ragten alte, weitverzweigte Eichen empor unter den hoch aufgetürmten Wolken. Und wieder einmal lag die ausgebreitete Elbe nach unerwarteten Hügeln am Rande des Tals. Am Bahnhof wollte er ihr aus dem Fenster die Nordfront der Halle zeigen, die sein Leben gestaltet hatte, an der er im Mai 1938 für immer Eltern und Heimat verlassen mußte, wegen der Abstammung oder irgendeiner unnennbaren Schuld, und wieder waren da die Treppen und die Galerie, von der aus man alle Bahnsteige überschauen konnte.

Und nun war der letzte Tag, gekommen, der Jahre und Jahre noch derselbe ist, immer wieder erzählt und doch noch nie erzählt und der immer noch zu erzählen ist. Sonderbarerweise fängt das im Vorortszug kurz nach Bergedorf an, alles, was davor geschah, ist hinter diesem kurzen Ereignis, wie hinter einer Wand, verschwunden. Und am allerschlimmsten war, daß der Knabe nicht einmal traurig war, er wußte nicht, wie ihm geschah, hatte Reisefieber und freute sich auf die Fahrt. Man ahnt schon alles und ist für alles offen. Es ist, als habe man in sich einen Zeugen für sich selbst, der alles sorgfältig aufnimmt und zu erraten versucht, was am Horizont erscheinen werde: Das Seltsame dabei ist die Genauigkeit der Innenfotografie, als ob man schon damals wußte, daß es galt, die Bilder für immer in sich zu behalten, man wußte, daß es unwiederbringlich sein werde.

Am Reinbeker Bahnhof war es wie sonst, man sollte weg, aber der Bahnhof blieb derselbe mit den kleinen braun angestrichenen Säulen und dem Schalter mit der runden Öffnung. Jedesmal wundert man sich, daß die Straße mit Wagen und dem Taxi so nahe an der Bahn liegen konnte, und dann folgte das bekannte, aber immer neue Abenteuer des Fahrens und des Anschlagens der Räder. Durch die Abteiltür mit dem Lederriemen am Fenster zum Herunterlassen und Heraufziehen sah er die Dächer Bergedorfs und die zwei Straßen, die gegen den Bahndamm zu stoßen schienen, und dann die Wiesen und Felder mit den langen senkrechten Streifen der Radiosendemasten, man mußte sich am Fenster vorbeugen, um sie in ganzer Höhe sehen zu können. Immer mehr Häuser zogen vorbei, baumgesäumte Straßen in der Ferne, Telegraphenmasten, die immer näher kamen, dann lange Sägedächer und dann der jedesmal so ersehnte Gasometer, der größte der Welt, hatte man ihm erzählt, an der braunroten Zylinderwand war ein heller viereckiger Flecken angebracht, ein im Nebel verirrtes Flugzeug war hineingeflogen und war in der Schutzhülle steckengeblieben, der Pilot war dann die Außentreppe einfach hinuntergestiegen, während über ihm das Flugzeug herausragte.

Die letzte Überraschung war, vor der weiten Halle des Hamburger Hauptbahnhofs, das schwarze, viereckige Loch gewesen, mitten in einem Wohnhaus, in das die gelbe U-Bahn hineinfährt. Wie die verzweifelten Eltern den falschen Bahnsteig nahmen und man dann schnellstens die Treppen wieder hoch und runter mußte. Der halb weggerutschte Strumpf der Mutter hing ihr zusammengeschrumpelt am Bein herunter, und der Knabe sah kaum noch etwas anderes, sowieso war sie immer schlampig angezogen, er schämte sich oft ihretwegen, wußte aber ganz genau, wie erschöpft sie war. Die geliebte Mutter machte sich so oft lächerlich, und er hätte ihr doch so gerne geholfen; sein Blick biß sich in jede Einzelheit des Bahnhofs hinein, er fühlte nur die Anspannung der Erwartung, aber dahinter stand der unheilbare Kummer, der den Körper zusammenkrümmen ließ und den man auf keinen Fall heraufkommen lassen durfte.

Der Zug war ein ganz langer, mit vielen rechteckigen

Fenstern und Schildern an den Türen: ein wahrer D-Zug, wie er ihn sich immer erträumt hatte, mit solch einem zu reisen, mit den schönen kleinen roten Rauchertafeln an den Wänden, den drei Stufen übereinander zum Aufsteigen und den Schatten dazwischen, ob der Schaffner, der da stand, mitfahren würde? Die Begleitdame war schon da, sie sollte ihn und den Bruder nach Florenz bringen, und dann alleine wieder zurück nach Hamburg.

Nun standen sie beide, seine junge Frau und Kellerlicht, da auf dem Bahnsteig und er in Begleitung des Zeugen in ihm, der nie von ihm abließ, mit dem Gefühl seiner Illegitimität, trotz Ehe; er fühlte sich schuldig, der stummen Bilder wegen, die stets die anderen überdeckten. Jedesmal nämlich war er im gelblichen Licht der Halle ausgestiegen, als verlasse er den Schutz des französischen Eisenbahnwagens, in dem er gereist war und der ihm die Sicherheit der Rückkehr versicherte. Auf dem Bahnsteig fand sich in diesem Moment seine ganze innere, seither mühevoll aufgebaute Geographie umorientiert, ohne nicht einmal in diese Richtung blicken zu müssen, könnte er mit dem Finger hinzeigen, wo er geboren wurde, wohin der Dorfpolizist gekommen war, zu melden, daß die Deportation nun doch verschoben sei, und wie seine Mutter vor ihm hingekniet war und sich weinend an seinen Stiefeln hatte hinuntergleiten lassen und wie der Polizist sich geschämt hatte, wie man ihm erzählt hatte. Der Dorfbürgermeister hatte den Mut gehabt, nicht den Gestapobefehlen zu gehorchen, er stand allerdings unter dem Schutz einer der Paten Kellerlichts, der der Wehrmacht »Knobelbecher« verkaufte.

Sogar seine junge Frau suchte die verschwundenen Spuren. Sie gingen die Mönckebergstraße entlang, wo die schon selten gewordenen Trümmerhaufen als Baustellen verkleidet waren, dahinter ziehen sich die langen Schornsteinstreifen die Wände hoch; in manchen Luftschutzkellern hatte man an den Mauern flachgeklebte Leichen entdeckt. Die Menschen brannten durch den Phosphor bei lebendigem Leibe und stürzten sich in die Alster: entweder verbrennen oder ertrinken. In den Straßen schmolzen die Gebäude im tageshellen Brand in sich selbst zusammen. Das Flammenmeer überdeckte den ganzen Himmel, und in achtzehn Kilometer Entfernung konnte man im Licht der Bombardements des Nachts die Zeitung im Garten lesen. In den vom Feuer ausgehöhlten Gebäuden der Straßen hingen die von Grünspan überzogenen festgeschmolzenen Kupfertropfen oder lagen in Fladen am Boden. Da hatten die Hakenkreuzfahnen geweht, und an den Fassaden sah man nichts davon, als ob nichts gewesen wäre.

Es gab aber auch die Gesichter der Ghettos und Lager, die da vor dem Tod standen, jedes unersetzlich, heilig in seiner Einzigkeit, die einzigen, die ihre Verzweiflung empfanden, wie man auf den Fotografien von Joe J. Heydecker sieht, von der die anderen nur wußten.[9]

9 Joe J. Heydecker: *Das Warschauer Getto*, DTV Zeitgeschichte Nr. 10247.

Überall, wo Kellerlicht und seine Frau hinkamen, sobald man sie unter sich französisch reden hörte, beschrieb man ihnen die lichterlohen Flammen. Man warf ihnen eigentlich die Zehntausenden von Toten vor, und auf die Einwände Kellerlichts, es hätte doch Hitler, die Lager, die Okkupation und die Verwüstungen gegeben, wurde ihm »Quatsch« zugefaucht, er solle doch an die Flüchtlinge denken, die alles verloren hatten, die verdienten wirkliches Mitleid, aber daß alleine Hitler an ihrem Elend schuld war, davon war nie die Rede. Während seiner früheren Aufenthalte bei der Familie in diesem sonderbaren 1949er Deutschland hatte er nie gewisse Wörter gebraucht: Juden, Geisteskranke, Nazis, und niemand hatte etwas von dieser Vergangenheit je gehört, und davon wurde nicht gesprochen, und sogar er sprach davon am wenigsten. Jeder war mit allem anscheinend einverstanden gewesen, die Angst war zu groß gewesen und war es noch. Anders gehen als sonst, in einer fremden Sprache reden, und sofort wurde man scheel angeschaut; es genügte ein anderes Benehmen oder draußen zu sein, wenn alle drinnen waren, und schon wurde die Polizei benachrichtigt.

Die Familie hatte seine französische Frau mit steif ausgestreckten Armen empfangen, als wolle man sie auf Distanz halten, jeder hatte sich eine ungewohnte Stimmlage zugelegt. Sie wunderten sich, daß sich die junge Frau mit dem kleinen, etwas verrückten Bruder abgeben wollte. Jeden Tag wurde ihnen der Bücherschrank seiner eigenen Eltern vorgestellt, als kenne er ihn nicht, es waren alles nach deutscher Art golden gebundene Werke deutscher Klassik voll hohem Gedankengut, von denen einige bestimmt ihm zugedacht waren. Vor allem nahm man es ihm übel angesichts des akademischen Renommees, daß er eine kleine Französin geheiratet hatte, aus diesem nicht ernstzunehmenden Land, aus dem Land der Baskenmützen und der Baguette unter dem Arm, das Land der guten Weine und der Entartung, eine altbekannte Leier. Es gab große Schriftsteller in Frankreich und gute (aber keine großen) Philosophen, die konnten schön reden, waren aber meilenweit entfernt vom Denken, Frankreich ein Weiber- und Judenland. Das Gefühl der leisen französischen Minderwertigkeit lag immer irgendwo im Trichter des deutschen Geistes, a posteriori wurde die Okkupation vollkommen gerechtfertigt. Das hätte beinahe der distinguierte Romanistik-Professor der Universität Kiel gesagt, damals noch ganz braun, dem die Familie das Sorgenkind samt Frauchen unbedingt vorstellen wollte. Die junge Französin verstand auch ohne Erklärungen, aber dieser Hang zu schalen Erklärungen wunderte sie.

Der Professor lehrte Französisch an der Universität, Literatur und Sprache. Es war ein fleischiger Deutscher mit breitem Gesicht, dessen Bauch über den Gürtel hervorquoll. Man konnte nicht umhin, sich ihn in kackbrauner NSDAP-Uniform vorzustellen, deren fanatisches (wie es damals hieß), begeistertes Mitglied er gewesen war. Er wohnte gegenüber der Förde, dieser langen, von hohen Buchen und Wiesen gesäumten Ostseebucht. In der Stadtumgebung lagen die Schuppen und Werften der ehemaligen Kriegsmarine, die der Professor mit Begeisterung zeigte; man trank Tee auf der Terrasse aus feinen Porzellantassen, aus einer Kanne mit rosa Schwämmchen am Ausguß der Tülle; der Professor imponierte ihnen mächtig, als er ihnen erklärte, es gäbe im Französischen zwei Wörter für Korb, *panier* und *corbeille*, das wußten sie natürlich nicht, der Professor ließ Kellerlicht wissen, zur Schadenfreude der Familie, daß sein Französisch doch noch ein wenig unsicher sei, da er es »Ausserre« ausspreche und nicht »Auxxxerrre«, er, der deutsche Gelehrte wisse das doch besser, er war bei der Okkupation als Wehrmachtsoffizier dabeigewesen, eine wunderbare Kathedrale, köstliches Essen und so liebe Leute, es waren schöne Erinnerungen, plötzlich aber hatte man ihn und seine Kameraden verjagt, die doch nur Gutes und Schönes für Frankreich wünschten; es ist wahr, man hatte, aber aus gutem Grund, die schlechten Menschen, Juden und Kommunisten, deportiert, es hatte dagegen spät Anfang 1944 Widerstand gegeben, das waren natürlich, nochmals, nur die Kommunisten gewesen. »Wir wollten euch doch nur Fortschritt und Ordnung bringen.« Kellerlichts junge Frau bestätigte, daß man tatsächlich »Osserre« sagte, aber der Professor wußte es besser. Schließlich waren sie die Gäste und der Professor reichte ihnen unaufhörlich die Plätzchen und schlug ihnen vor, die Umgebung zu entdecken, die sie bereits durchstreift hatten.

Er dachte bestimmt an das zu Ehren der deutschen U-Boote errichtete U-Bootdenkmal. Dieser kolossale, schlichte Obelisk aus Backstein, der so perfekt die germanische Monumentalität verkörperte, war mit einem Mantel aus hellem Stein orniert, der hinten wie ein Hochzeitskleid herunterreichte. In der Höhe eine senkrechte Reihe von schmalen, angeordneten Öffnungen; das sah nach SS aus, obgleich schon vor der Nazizeit erbaut, es war rauh, steif, gnadenlos und unbesiegbar, wie es sich deutsch gehört. Dahinter stellte man sich Bataillons von jungen, halbnackten Männern vor, mit Spaten und Schaufel über der Schulter, vor den nahe gelegenen Barracken des KL Kiel-Hassee oder Fuhlsbüttel, ein wenig weiter, näher an Hamburg, die der Professor bestens kannte.

Von Kitzeberg aus, wo der Schwager wohnte, konnte man sehr leicht mit dem Rad nach Laboe, zu diesem Monument, das nur aus Drohung bestand, sie auf einem Damenrad mit Netz, damit sich der Rock nicht in der Kette verfange. Sie fuhren unter dem Rauschen der Eichen und der hohen vorbeiziehenden Wolken zurück. Wenn man den Landweg einbog, sah man auf einmal das Meer zwischen Gebüsch und Feld erscheinen, es kam der Abend: »Die Luft ging durch die Felder, Die Ähren wogten sacht, Es rauschten leis die Wälder, So sternklar war die Nacht.« Deutscher ging es nicht.

Und dann in Bosau, die großen Buchen, deren Äste bis zum Wasser des ruhigen Plöner Sees reichten. Es war das Deutschland aus dem Bilderbuch, das sich am 18. Februar 1943 im Sportpalast zu Berlin, dem riesigen Saal, in dem über zehntausend Menschen Platz finden konnten, vor Begeisterung heiser brüllte. Als Goebbels an der Tribüne fragte: »Wollt ihr den totalen Krieg; Wollt ihr ihn totaler und radikaler, als wir ihn uns heute vorstellen können?«, standen die fünfzehntausend Zuhörer auf und schrien: »Ja.«

Man bombardierte ihn, diesmal als ordentlichen Studienrat an einem Gymnasium, siebzig Kilometer von Paris entfernt, er gab da Deutsch, seine Muttersprache, das war leicht, er brauchte dafür kaum zu arbeiten und bekam dafür auch noch ein monatliches Gehalt, bis zum Lebensende.

Meistens schämte er sich vor diesen jungen Leuten und hatte das Gefühl, sie zu belügen, weil er ihnen diese Sprache beibrachte, unter der ihre Eltern gelitten hatten, diese Sprache, die man vergewaltigt, entstellt, gezwungen hatte, das absolute Verbrechen zu organisieren; diese Sprache, die ihn als Kind ins Exil trieb.

Zuerst hatte man ihn im Ministerium belehrt, daß man es am Anfang ruhig ein wenig schwer haben sollte, und hatte ihn als Referendar nach Lille geschickt. Er war an diesem leeren, zu allen Seiten offenen, mitten in die Stadt auf grün angestrichenen korinthischen gußeisernen Säulen gestellten, verlassenen Bahnhof angekommen. Die Exilierten erkannte man auf den ersten Blick, wie sie da in der Nacht auf dem Bahnsteig standen, quer zu den Gleisen, als ob diese sie wieder nach Hause bringen würden zu ihren Erinnerungen, zu ihren Küchen, zu ihren Lieben, zum Fenster zum Innenhof.

Lille 1957 roch nach garen, übergaren Pommes frites; ein gelbes Licht lag über der Stadt; hinter den niedrigen Fassaden saß man in warmen Küchen mit der weiß emaillierten Kaffeekanne auf dem Tisch. Lille war eine menschenfreundliche Stadt, wo man jedem gegenüber immer hilfsbereit war.

Kaum vom Exil erlöst, stand es wieder in ihm, als ob es für immer am Alltag nagen würde. Kellerlicht trug sein Wegmüssen in sich wie eine Ablagerung. Es waren eilige, zu kurze Hin- und Rückfahrten, die den Körper wieder isolierten, die Kleider klebten an ihm, wie Gummihülsen; die Exilierten trugen alle einen steifen Schulp in der Brust. Dann war er nach Gisors, jenseits der Banlieue, versetzt worden. Der Zug fuhr vom Bahnhof Saint-Lazare ab, zwischen den großen Kaufhäusern. Am frühen Morgen standen vor den benachbarten Restaurants Reihen von vor Nahrung überquellenden Mülltonnen, ein Bild des Todes, des Endgültigen.

Zu dieser Zeit war Gisors eine marode, in ihrer eigenen Fäulnis unter dem Pflaster versinkende Stadt. Die ärmlichen Fassaden bröckelten, der Krieg blieb hinter den verstaubten, mit Brettern verschlagenen Schaufenstern und den verkohlten Häuserresten gefangen. Der ehemalige Abgeordnete der Stadt war nach Buchenwald deportiert worden und wohnte nun nicht weit vom Gymnasium, man riet Kellerlicht, ihn zu besuchen, sie standen doch beide sozusagen auf derselben Seite, er aber war nur ein Trittbrettfahrer des Lebens, er hatte sich nur durchgeschmuggelt. Er schämte sich allzusehr. Man hatte ihn abschaffen wollen, ganz zu Recht, nutzloser Esser, lasterhafter Knabe, er war zu nichts gut und hatte mehrere andere in Lebensgefahr gebracht, nur um ihn zu retten, wo Millionen aus seiner verdammten »Rasse«, die einem nie was angetan hatten, ermordet worden waren, und er fraß sich dagegen voll und log wie gedruckt, und wenn er nicht klaute, dann nur aus Angst vor den Gendarmen. Ein richtiger Gauner, und so jemand kam ungeschoren davon! Dazu war er nicht einmal ein wahrer Christ; man hatte ihn versteckt, ernährt und untergebracht und dann ins Internat zurückgebracht, als jungen Diener, der es immer wieder mit der Rute bekam, des Lasters wegen, glückselig hatte er sogar zugenommen. Das war sein Krieg gewesen, auch ergriff er sofort die Flucht, sobald das Wort *»KZ«* auftauchte. Alles, was erzählt wurde von der täglichen Angst, den Bettgestellen, den Schüsseln, der Kälte, den Latrinen, den Nachtappellen, schnürte ihm vor Scham den Bauch zu. All das, das wußte er, ließ sich aber nicht sagen, es gab keine Worte, und die, die es erlebt hatten, bestätigten es durch ihr Schweigen.

Genau über der Tenne hatte man ihm im Dezember 1943 eine Nische eingerichtet, zu der man nur über eine kleine Leiter gelangen konnte, die er selber heraufzog und unter dem Stroh versteckte, bevor er den Bretterverschlag über sich zuklappte. Jeden Dienstagabend kamen die Deutschen vorbei: auf Skiern im Winter, im Gänsemarsch im Frühling, und er träumte im Halbdunkel von Amerika oder Afrika, von weiten Horizonten, und unter ihm das ruhige Schnauben der Kühe und die beklommenen, angstvollen Stimmen der Bauern und die lauten Deutschen »*Ö Peuah, Fromasch*«[10] und das leise Knistern der Scheine und das Klimpern der Münzen, denn die Deutschen bezahlten gut und töteten schnell. Hätten die gewußt! Er lachte fast beim Gedanken des Schauspiels vor dem Misthaufen, ihm würde man die Hände fesseln und mitnehmen, und die Familie, den Bauern, die Frau und die beiden Töchter, würde man auf der Stelle erschießen, er käme im Lager um, vergast, und alle würden später in den Geschichtsbüchern stehen.

Die Wandelhalle des Saint-Lazare-Bahnhofs war ein weiterer Zufluchtsort, wo es aber an Bänken fehlte, und da stand er nun eines Wintermorgens in der Traurigkeit seiner kleinen wöchentlichen Emigration. Die Paris–Dieppe-Strecke, zweimal die Woche, man hatte grade die dritte Klasse abgeschafft, und so fuhr er zweiter Klasse. Das Heimweh zerrte an ihm, der Körper hatte sich kaum den Ort gesichert, an den es sich zu gewöhnen galt, und schon mußte man unterbrechen und den

10 Okkupanten-Französich: œufs, beurre, fromage, eigentlich Eier, Butter, Käse.

Abschied wieder in klein erleben, und mit dabei in ihm die Gestalt der geliebten Frau, alleine im gemeinsamen Raum, den sie neu eingerichtet hatte, für ihn, damit er sich wohl fühle.

Er existierte nicht einmal, wie man existieren sollte, er stand sich selbst immer vor den Beinen, er verstellte sich selbst den Weg und versperrte sich die Türen. Mit den Türen hatte er sowieso immer Schwierigkeiten gehabt, sie mochten ihn nicht, diese großen senkrechten Bretter, die ihn aber immer durchließen, die konnten gar nicht anders. Er wußte es, sie mochten ihn nicht, er machte immer die falschen Bewegungen, die Klinke ging nicht recht, die Fallen schnappten nicht richtig zu, der Riegel klemmte, die Türblätter hatten nie ihre Ruhe, immer wenn er durchwollte, mußten sie auseinanderklappen für ihn, aber nachher konnten sie doch wieder in den Rahmen hineinspringen. Es war sonderbar, daß man so durch die Wände konnte, man mußte nur Bretter wegschieben, jedes war anders: Es war eigentlich wie mit den Menschen, es gab keine zwei gleichen, vielleicht hatte das Menschliche auf sie abgefärbt. Mit solchen Einzelheiten versuchte er der Verzweiflung zu entkommen, die sich hinter der Trennung postiert hielt, da er so ganz in Kleinformat einen Kniff der Geschichte neu erleben mußte.

Die Zeitungsbude stand hell erleuchtet unter den gelblichen Arkaturen des Glasdaches, da gab es die Zeitung *Le Monde* zu kaufen, ein so seriöses Blatt unter dem Arm, sah er würdig aus und mußte sich nicht im Abteil unterhalten. Wenn er sich gehenließe, würde es sofort zweideutig werden, und er glitte unvermeidlich zu der bösen Herkunft ab, ja wie denn überhaupt, ob denn das alles nicht erfunden ist? Sofort würde er sich selbst Fußangeln legen; eine kleine Schutzgeschichte hatte er immer in Reserve: Hoch-Savoyen; elsässische Herkunft, alles mögliche, damit sich keiner täusche und sofort wisse, mit was für einem man es zu tun hatte. Um noch intellektueller auszusehen und noch weniger in Gefahr zu geraten, kaufte er dazu, ein wenig aufs Geratewohl, den *Ferdydurke,* das Buch eines unbekannten polnischen Autors, Witold Gombrowicz, von dem er nie gehört hatte und der gerade bei Maurice Nadeau, einem kühnen Verleger, übersetzt worden war, von dem er *Die Geschichte des Surrealismus* angefangen, aber nicht zu Ende gelesen hatte. Maurice Nadeau war eine bekannte literarische Autorität.

Und da im Zug, inmitten der Landschaft, wurde er von den Sätzen ergriffen, die dastanden, extra für ihn geschrieben, als wüßte man alles über ihn, auf frischer Tat ertappt: Die Person der Erzählung, der dreißigjährige Jojo Kowalski, wird auf einmal verpupst und auf einen Schüler reduziert, der einen lateinischen Text für Quartaner übersetzen soll und der, wenn er es falsch macht, die Rute kriegt, das war er selbst: »… mein Körper empfand eine Sterbensangst, deren Druck sich mir auf die Seele übertrug.« Er war selber zu einem kindlichen, frischen Gepupsel geworden, zum Kleinarsch.

Seit der Lektüre von Jean-Jacques Rousseaus *»Be-*

kenntnissen«, am Ende der Adoleszenz, hatte sonst keine andere Lektüre ihm derart die Brust und den Atem erweitert und derart in Trance, in Erkenntnis und bald in eine Aufregung versetzt, die ihn verwirrte, es war alles wieder da, das lange Warten im Korridor, der Luftzug auf der nackten Haut. Dieser *Ferdydurke,* das war ein hochgehaltener Banner an der Paradenspitze mit Trommel, bum, bum bum. Unter aller Augen verteilte er sich selbst in multiplizierte, Tausende Sandwichmen, alle langgezogen und vollplakatiert. Das war ja die gute Gelegenheit, er hatte doch immer geträumt, Minister bei einem afrikanischen Diktator zu sein, der ihn nachher auffressen würde.

Reduziert, verkleinert, zum Diener degradiert, und wie er das so sagte, dieser Gombrowicz: »Schaut mal, der Grundteil des Körpers, der liebe Pupsi, das Püpslein, schön dressiert, der ist der Grundsatz von allem: alles kommt vom Pupsolem, alles entstammt dem Pupsarsch, daraus verzweigen sich die verschiedenen Teile des Körpers, Finger, Fuß, Arme, die Augen; die Zähne und die Ohren.«[11] Alles kommt vom Pupsi. Und wie er den Pupsi doch erlebt hatte, der Pupsi, der ihn vom Heimweh gerettet hatte, so war es doch selbstverständlich, daß andere ihn auch liebhatten.

Das überfiel ihn immer unerwartet. Wer hätte glauben können, daß der Saint-Lazare-Bahnhof ihn, wie Jojo Kowalski, ins Internat zurückbefördern würde, er,

11 Witold Gombrowicz: *Ferdydurke*. Verlag Günther Neske, Pfullingen

der junge, gerade verheiratete treue Deutschlehrer, der es mit der Sache nicht so ernst nahm, oder sei es von hinten. Er trieb es von vorne, ohne sonderliche Begeisterung, es gehörte zur Ordnung der Dinge, aber die Liebe, die Zärtlichkeit, das Glück, mit der geliebten Frau zu leben, machte aus allem Wunderbares.

Ab Pontoise schaute er sich immer die Landschaft an; er hatte doch in der Nähe als durchgefütterter blonder Parasit gewohnt. Man fuhr mitten durchs Land, auf Hügelhöhe, Gestrüpplücken gaben den Blick auf die weite Ebene frei; er kannte die Ortschaften, war er doch mit dem Rad hingefahren, einem deutschen Fahrrad mit Licht, Dynamo und Rücktrittbremse, gegen das kein Auto ankam.

Manchmal, wenn er auf diesem länglichen Fahrzeug vorbeifuhr, blieben die Bauern am Wegrand, auf dem Spatengriff aufgestützt, stehen und schauten zu, wie er seinen Malerbeutel über die Schulter warf, der ihm auf dem holprigen Weg immer wieder vor den Bauch fiel; er sammelte sein verstreutes Gouachematerial vom Dorfpflaster wieder ein, Pinsel, Tuben, Kartons, und die Einwohner sahen sich ihr Dorf in Kleinformat an.

An diesem Tag aber hatte *Ferdydurke* die Oberhand gewonnen, den Blick auf die Seiten fixiert, sah Kellerlicht nur die Bilder, die ihm aus dem Buch entgegenkamen, er hatte sich mit Bobek und Hope hinter der Hecke versteckt, unter der Aufsicht des Stalljungen, der sie zu dem Direktor Piorkowski bringen sollte, nur daß es für ihn eine Direktorin gewesen war, und bei ihr unter strenger Zucht.

Er sollte Familienvater werden, wie man so sagte, ein Kind sollte er kriegen, damit er in ihm seine verpaßte Kindheit nachholen könne. Es war wieder einmal das Dazwischen, an dem nichts zu ändern war, das einfach so in ihm defilierte. Mitten im Ernst des Lebens fuhr er nach Gisors, um ihr beider Leben zu verdienen, und da plötzlich die Kindheit, die ihn im Zug überfallen hatte, und wie es so mit der Kindheit ist, ließ sie ihn nicht mehr los, da konnte nichts verheimlicht werden: Er brauchte doch nur anzuklopfen, viermal.

Und nun im Zug, der den Viosne entlangflitzte, Richtung Dieppe mit Halt in Gisors und Gournay, in diesem Abteil zu acht, mit sechs anderen (einer fehlte), die da mit ihm auch ihre Kindheit gehabt hatten, von der nur sie wußten, sie war in ihnen mit den Flußufern, dem Gras und dem Rauschen der hohen Pappeln oder dem Zimmer mit Balkendecke oberhalb der Straße, all diese Bilder, von denen man nichts wußte, die vier, die ihm gegenübersaßen, trugen eine Unendlichkeit in sich, Erzählungen von einer zur anderen, die bis zum Rand der Welt reichten. Manchmal, bei irgendeinem Ruck, streifte er mit dem Arm den des Sitznachbars, niemand sonst saß derart nahe bei ihm, sie stießen gegeneinander, und doch war er von ihm weit entfernt, weiter als die entfernteste Galaxie, von der ihn nur eine unüberschreitbare, materielle Distanz trennte, viel kürzer aber als die, die jeder in sich hatte. Keiner wußte vom anderen, und daher waren sie sich so gleich. Am Fenster zogen die Pappeln am großen Wurf der Hügel vorbei.

Die Gefahr war draußen geblieben, und doch konnte jeder der Reisenden plötzlich aufstehen, auf ihn zeigen: »Da sitzt so einer und dazu auch noch ein Lügner, ein Unsittsamer, daß es solche überhaupt noch gibt.« Keiner wußte vom Grotesken, das in ihm wohnte, es war wie mit Rapunzel, er mußte es nur rausschreien: die Mansarde mit dem sorgfältig gemachten Bett, darauf das Kopfkissen mit einer Serviette darüber, der Länge nach, der Tisch mit den Büchern und dem Stuhl, und dem ein wenig geöffneten Spiegelschrank. Ihr Zimmer behaglich mit Stehlampe, Perserteppichen, dem hübschen, leicht bogenförmigen Schreibtisch aus Palisander, es war ein Zimmer fürs Glück mit vielen Zukunftsaussichten.

Er hatte sein ganzes Zeug auf den Schreibtisch gelegt, sich davor gesetzt, als wäre es sein Schreibtisch und sich mit den Füßen auf der Querleiste bequem gemacht. Jahrelang hatte sie da als Schülerin, Gymnasiastin und Studentin gesessen, vielleicht von Träumereien heimgesucht, von denen er nichts wußte.

Im Abteil sitzend, vermeinte er das leicht hohle Geräusch der Querstange unter dem kleinen Schreibtisch zu hören; ein zweitöniges leises Gequietsche, dieses Geräusch würde er lebenslang hören, ihr Geräusch, ein wahres Geräusch von einem Ort, nicht von irgendwo, ein Sicherheitsgeräusch, auf das man sich verlassen kann, ein Heimatgeräusch.

Jahrelang hatte er seine grau gekalkte Bude im Waisenhaus gehabt, wo er sich für Goethe oder Kant (*Die transzendentale Ästhetik)* halten konnte, er stürzte sich hinein, trotz der Kavalkaden auf dem Korridor und dem belustigten Klopfen an seiner Tür, en passant. Das war er dem Genie schuldig, denn das Genie, das wußte doch jeder, war das Deutsche mit den alles erschütternden Gewittern und den Orgeln bei vollen Pedalen. Das waren gedrängte Texte voll Denken und raren Absätzen. Da wurde von großen Taten geredet, von tiefen, satten Wäldern, von Opfergängen und Hinrichtungen, von je zu zwölf. Am deutschen Wesen soll die Welt genesen.

Noch vor kurzem trug er entweder Socken mit Löchern oder an der Sohle verhärtet und nicht passende Hosen oder Jacken, aß aus Blechtellern, und jetzt auf einmal trug er nur noch Neues mit Etikett. Sie hatte sich ganz seiner angenommen, kam seinen Wünschen zuvor, zum Glück hatte er nicht so viele; richtig machte sie es wie alle Liebenden, ohne ihn beherrschen zu wollen.

Er konnte sich noch so bemühen, er fiel immer wieder ins Alte zurück, das war immer noch da, als ob es auf ihn warte. Siphon, Mientus und Pumko, diese Figuren in *Ferdydurke* schauten zu ihm hin. Die Holzbank in der zweiten Klasse war nur für umbenannte dritte, und die Fahrgäste würden alles erfahren, vom Stuhl, der die Mansardentür blockiert, dem Spiegelschrank, der zum Glück nicht die Bilder herausgibt. Im Zug war alles möglich, zufällig konnten irgendwelche Eltern ihn erkennen: »Er muß rangenommen werden, unser Sohn, und wenn er faul ist, sagen Sie uns Bescheid, und er wird versohlt, mich hat man auch so erzogen, und sehen Sie, ich hab es zu was gebracht.«

Am Bahnsteig aus gelbgrauem Gestein, am anderen Ende des Bahnhofs, stehen welche wie Sie und ich, die für immer voneinander Abschied nehmen mußten. Nie daran denken, er hatte dafür eine Technik, er hatte es mit den Jahren gelernt. Es hätte ausgereicht, nicht im Zug zu sitzen, und alles wäre gleichgeblieben, wie bisher, das Haus war hinten und entfernte sich Radschlag für Radschlag, es genügte, wieder zurückzukehren, und alles wäre wie sonst. Das war in ihm festgenagelt.

An einem Messetag, als er mitten auf der Straße eine große gelbe Kaffeekanne zu Fuß gesehen hatte und hinter ihr eine große Packung PERSIL, hatte er sofort gewußt, er gehörte in die Kanne, so wäre er sich losgeworden und hätte sich in die Tassen gießen können. Die Kaffeekanne brauchte sich keine Fragen zu stellen, und keiner stellte Fragen über sie. Eine Kaffeekanne war legitim, sie war schön, zum Darinwohnen heimlich, er hätte drinnen seinen kleinen Stuhl und seinen Tisch, und von innen könnte er sich in aller Ruhe den Ausguß anschauen, und er könnte herumspazieren, niemand würde ihn erkennen, man hätte ihm Platz gemacht im Gedränge, und man hätte ihn für die Kanne gehalten, er hörte seine Schritte im Innern widerhallen, nicht mal am Schuhwerk hätte man ihn erkennen können, er trug Schuhgröße 42. Man hätte ihn auch als Konservenbüchse für die Reklame verwenden können. Wie er in der Sonne glänzen würde, wieder einmal hätte man ihn für das gehalten, was er war, ganz glatt und leer. Besser, man wäre Galionsfigur und würfe sich dem Sturm entgegen, denn es gab immer wieder Gelegenheiten für Natur und Schicksal, eins ging nicht ohne das andere. Am Bahnhof von Gisors erwartete ihn immer ein Block Traurigkeit, der das Gehen verlangsamte. Mit Hilfe des Rektorats hatte man einen jungen Englischlektor fürs Gymnasium angeworben. Denn das Schicksal ist ein Janus, man sieht ihn nicht, er erkennt einen aber sofort, er liegt immer auf der Lauer, gibt Zeichen nur ab und an. Er lernte ihn eines Tages im engen Eßsaal der Lehrer kennen, eine Art Korridor, der an einem Ende zugemauert worden war und der nach alter, abgestandener Nahrung roch, deren fader Geruch jeder Internatsschüler sofort riecht. Es war ein noch bartloser Jüngling, er war rothaarig und mit sehr weißer Haut: ganz und gar englisch, ein richtiges Roastbeef.

Beim nächsten Essen richtete Kellerlicht es so ein, daß er neben ihm saß. Sein Englisch war miserabel, das Französisch des Lektors ausgezeichnet; sie sahen sich in den Pausen wieder und sprachen bald von jenen Sachen, durch welche komplizenhafte Intimitäten entstehen, der junge Lektor, Higgins mit Namen, hatte sein Zimmer ganz am Ende eines langen, leeren Korridors in einem für Reparaturen geschlossenen Flügel der Schule. Da kam sonst keiner hin. Sie sprachen von ihren Internaten, von englischen Colleges, beide kannten ihren Swinburne gut, sie wußten beide von den *Whippingham papers*, hatten Gedichte von ihm gelesen, und beide waren zutiefst von der bewegenden Geschichte des jungen Herbert Seyton und seines sehr strengen Erziehers Denham erregt worden.[12]

Quer zur Straße nach Dieppe verlief ein Pfad zwischen gestutzten Weiden, aus denen lauter frische Zweige herauswuchsen, und der in eine unberührte kleine Wildnis führte, mit Sichtschneisen auf Felder, und von einer Böschung begrenzt wuchsen junge Haselsträucher und etwas weiter Birken, deren dünne Zweige wie Haare herunterhingen. Stellenweise reichten die Haselsträucher über den Hohlweg herunter, zum Greifen nahe. Als wären sie Bilder des eigenen Gewesenen, hatte er die entsprechende Länge, die Biegsamkeit mit einem Blick abgeschätzt. Mit der geschlossenen Faust ließ er eine Rute durch seine Hand gleiten, entblätterte sie und brach sich eine zweite dazu, er brach sich auch drei oder vier Birkenzweige, alle gleich lang, und ließ eine der

12 Algernon Charles Swinburne, *Lesbia Brandon* (Randolph Hughes), London 1952

Gerten durch die Luft sausen. Viermal, wie vorgeschrieben, klopfte er an der Tür des jungen Lektors, der der Birke nach altem Brauch den Vorzug gab, die sich so vollkommen an die Lenden schmiegte. Kellerlicht erzählte vom langen Warten, manchmal zwei Tage lang, wie man sich mit beiden Händen auf dem Sitz abzustützen hatte. Ja, wie der junge Lektor, war er auch so im Internat erzogen worden. Die ganze Schule wußte es, ein großer, unerziehbarer Achtzehnjähriger bekam es noch mit der Rute, jeden zweiten Freitag. Man strafte ihn und danach ergötzte er sich daran: »Man sah es doch, wie jeder sich ängstigte und sich Mühe gab und auf seine Worte achtete.«[13]

Das Erstaunen hatte nie von ihm abgelassen. Andere aus anderen Internaten hatten dasselbe erzählt. Er, der doch bei jeder Bemerkung rebellierte, der sich jeder Ungerechtigkeit widersetzte, unterwarf sich der Strafe mit Inbrunst, fast mit Pietät, der Kindheit konnte er nicht entkommen, die Kindheit, die den Körper hervorbringt und die man vor sich hin und her trägt wie ein Banner, es hätte wenig gefehlt (die falsche Geburt), er wäre wie so viele geworden. Für ihn hatte sich aber alles geändert, er war glücklich verheiratet und war von seiner jungen Frau in eine andere Welt versetzt worden, in eine Lebenswelt.

13 *Ferdydurke*

V

Man fuhr immer mehr durch Frankreich, die Zeiten hatten sich gewandelt: Auf einem runden Platz lernte man Autofahren, nicht ohne Schwierigkeiten. Man fuhr auf Entdeckungsfahrten mit dem Gepäck auf dem Wagendach. Er, Kellerlicht, kannte nur Hoch-Savoyen und den Vexin, diese Region Frankreichs, aus der damals das Königsreich entstand; das übrige Frankreich kannte er nur von den Fotos in den Geographiebüchern der Schule oder aus denen, die im Abteil über jedem Platz hingen, die den Pont du Gard, den römischen Tempel in Nîmes oder die Kathedrale von Albi zeigten. Ein einziges Mal hatte er sich die einstündige Fahrt nach Chartres spendieren lassen können, zur Kathedrale, zum Hohen Schiff über dem Getreidemeer, von dem Charles Péguy schrieb.

Es wurde seine erste Frankreichreise, zuerst durch niedrige Vorstädte, an halb verlassenen Werkstätten und kleinen Villen vorbei, alle mit Garten und mehrstöckig.

Jeder machte, was er konnte, 1953 lag der Winter wenige Jahre zurück, in dem noch Kinder vor Kälte starben, die Zeit, als man Wohnkasernen auf Blumenkohlfeldern pflanzte, als die Zeit der Brot- und Fleischkarten noch nicht weit zurücklag. Noch breiteten sich die weiten Lande Frankreichs aus, die aber immer mehr am Rand verbaut wurden. Sie fuhren in den Süden, zur Loire: die Loire unter Wolken mit langen Platanenreihen, die die großen Landstraßen säumten, die Loire der bewegenden Geschichte, die Loire, die er zum erstenmal sah und die so viel Platz in seinem Leben 1940 eingenommen hatte. In der Ferne dröhnte der Aufstieg des Krieges.

Eines Abends war ein junger Mann ins Internat gekommen, Koffer in der Hand, der gegen seine Beine schlug, man sah eine tiefe Traurigkeit in seinem Gesicht. Er war mit seiner ganz jungen Frau gefahren, sie hatten gerade geheiratet und wollten wie so viele das von den Nazis geschändete Paris verlassen, wo nun die großen blonden Barbaren das Wort führten. Die Loire, das wußte Kellerlicht, war ein großer, sehr breiter Strom, der zwischen Sandbänken und mit Pappeln bewachsenen Ufern dahinschlängelte und in der unvorhersehbare Wirbel trieben, die Brücken waren gesprengt worden, und die junge Frau war ertrunken beim Versuch, durch den Strom zu kommen, wie so viele andere im Juni 1940.

So fuhren sie nun beide durch das Frankreich der Stiche in den Büchern, der hellen Schlösser mit den hohen Fenstern, die auf Marmorbalkone führten, und der weiten Aussichten, die man in den Geschichtsbüchern sehen konnte, es war noch das Frankreich der Cafés, der Filme, in denen Arbeiter an der Theke standen, es war noch das Frankreich der Jagdaufseher, die ihre Mütze zwischen den Fingern drehten, wenn sie mit den Herrschaften redeten; es war noch das Frankreich aus der Zeit von Émile Zolas *Germinal.* Alte französische Dörfer hatten sich in die Senkungen des Horizonts, in die Öffnungen der Täler gekauert, als hätten sie gewußt, wo sie sich niederlassen sollten, und immer wieder der ewige Traum von einem großen Herrenhaus mit Terrasse und Rasen, das auf dem Titelbild des Buches aus der Reihe *Schriftsteller von heute* zu sehen wäre, das seinem Gesamtwerk gewidmet werden würde. Er überzeugte sich, daß er für das Leben auf dem Lande geschaffen sei: Pelerine und Spazierstock: einfach und liebenswürdig. Er denkt sich seine innere Geographie aus, mit Feldern am Waldrand, blätterbedeckten Herbstwegen und Obstgärten, nicht weit von der Loire entfernt, der Seele des Landes. Er hatte auch Provinzträumereien, sah sich als dichtender Volksschullehrer, nur daß er kein Dichter war; er wohnte über dem Klassenraum, die Kinder schlafen und die Gattin strickt, während er, doch sehr geschmeichelt, den Brief der Humboldt-Universität Lemgo zum dritten Mal liest, der dortige Philosophieprofessor Dr. Dr. habil. Herbert Wasselmann lud ihn zu einem Vortrag auf deutsch ein, of course, denn die große französische Philosophie-Zeitschrift *La Revue de Philosophie* hatte nach Jahren nun seinen Aufsatz: »Die existentiellen Fundamente des ontologischen Seins« gedruckt.

Nach drei Jahren Hin- und Herfahrten war er in die nahe Vorstadt versetzt worden und der Zukunft sicher, vielleicht gehörte er nun ganz dazu und konnte glauben, daß er nie den Satz »Sie sind keiner von uns« hören würde. Niemals hatte er je die leiseste Anspielung darauf gehört, und doch hinter den Landschaftsschneisen, die zwischen den Bauten erschienen, lag die immer mögliche Drohung, ein Kippen der Geschichte in die immer gelegte Falle.

Im Internat hatte er die Geschichte Frankreichs gelernt, vor allem durch die Geschichtsvignetten für die Volksschule: die heilige Genoveva, die Paris vor der Invasion der Hunnen schützt, der heilige Ludwig, der König Ludwig IX., der unter der Eiche von Vincennes das Recht spricht, Michel de l'Hospital, der Humanist, der im Religionskrieg den Katholiken Toleranz predigt, der heilige Vincent de Paul, der auf die Galeeren ging, um die Ruderer zu trösten und beim König zu protestieren oder Molière im Theater oder auch den Jeu de Paume 1789, den Saal, in dem die Menschenrechte proklamiert wurden und dessen Vorhänge im Wind wehen, Napoleon an der Arcolebrücke oder Savorgnan de Brazza, der die Sklaven befreite, Pasteur, der den Impfstoff gegen Tollwut entdeckte. Alle diese Bilder schufen ein Einverständnis, ein gemeinsames Bild, das man auch so gut verwerfen konnte, das aber von diesem Land eine »menschenfreundliche« Geschichte wiedergab, ein in der Gegenwart eingemauertes Gedächtnis. So hatte er sich alte baufällige Mauern oder Ruinen angesehen, die so unendlich viele festgefrorene Worte enthielten, die so viel Kummer, Freude oder Rachsucht in sich trugen, die man beim Vorbeigehen hören konnte, wie am Gitter der römischen Thermen am Boulevard Saint-Michel, wo er stehen geblieben war, fasziniert von den Millionen Stimmen, die an den Mauern hafteten und von denen eine einzige Stimme genügt hätte, um von damals bis heute die ganz Welt zu hören.

Sie waren dann weiter all diese geraden Straßen gefahren, die ins tiefere Frankreich hineinführten, aber unaufhörlich auf und ab führten, sie waren durch die uralte Landschaft gefahren, in der schon alles harmonisch von den Römern gestaltet wurde, Hecken, Wälder, Wiesen, alles war von Menschen gebildet worden. Seit unendlich langer Zeit war alles von Menschenhand geprägt worden, so daß man sich im Schutz uralter Zivilisation wußte.

Da sie noch unerfahren waren, brauchten sie einen ganzen Tag, um das dreihundert Kilometer entfernte Saint-Pierre-Chérignat zu erreichen, ein Weiler mit hundertfünfzig Einwohnern, in der Creuse. Es war der Hinterhof eines Bauernanwesens aus dicken Steinquadern mit Außentreppe, Küche und drei großen Zimmern mit richtigem Holzfußboden, damals noch in der Gegend eine Rarität, eine recht bürgerliche Einrichtung, mit Godin-Ofen für den Winter und zwei anderen Zimmern, deren Türen noch in Lederangeln hingen. Im großen Vorhof wuchs eine riesige schattige Ulme, und davor stand im Gras ein graues Plumpsklo.

Eine Dame zur Unterhaltung des Hauses zu finden war eine leichte Sache. Sie war die Tochter eines ehemaligen Schmieds, der in einem winzigen Haus noch mit Lehmboden wohnte. Der Schmied war ein alter, sehr nobler Herr, sehr gebildet und wachsam; er war über achtzig und sein ganzes Leben ein Untertan, ein Dienender gewesen, Kutscher, Hausdiener, Gepäckträger. Seine Frau war Köchin in großbürgerlichen Häusern des Quartier Saint-Germain gewesen, sie war aber auch lange Zeit mit dem Empfang der Herrschaften beauftragt gewesen, und unter den Gästen gab es nicht wenige, die sie selbst beim dritten Mal nicht wahrnahmen, von Wiedererkennen ganz zu schweigen. In diesem kleinen Gehäuse inmitten der anscheinend verlorenen *Campagne française*, beim ersten Anblick so ursprünglich und doch so kultiviert, lebten sie mit Kohleherd und ohne fließendes Wasser.

Und sie, die Geliebte nach Jahrzehnten und Jahrzehnten, sie die Wunderbare, die Unersetzbare, die Gefährtin, die alle Ecken des Lebens erleuchtet, sie, deren Gegenwart alles bewahrt, tröstet und sogar vom Exil heilt. Sie, die alles weiß und schon immer wußte, die alles versteht, sie ist der Lebenssinn.

Paris am 2. VI. 2017

Georges-Arthur Goldschmidt

Ein Wiederkommen

Erzählung

192 Seiten. Gebunden

»Der Literaturkritiker stellt im Laufe seines Berufsleben fest, dass unter den Schriftstellern nur wenige existieren, die keinen schützenden Wall um sich bauen; die keine Furcht verspüren sich preiszugeben, sich leerzusprechen.«

Ina Hartwig, Frankfurter Rundschau

Paris ist seine neue Heimat. Endlich das Gefühl, aufgenommen zu sein. Aber vergessen hat Arthur Kellerlicht nichts: Erst zehnjährig wird er aus Nazideutschland vertrieben. Rettung findet er in einem Internat in den Savoyer Alpen, wo die Züchtigung zum Alltag gehört. Und weil sich der Heranwachsende des Lebens unwürdig fühlt, ist es nur richtig, dass er bestraft wird: für das Lesen unerlaubter Bücher, für das Entdecken des eigenen Körpers, ganz einfach dafür, dass es ihn gibt, dass er überlebt hat.

Kein Schreiben ist so existentiell wie das von Georges-Arthur Goldschmidt. ›Ein Wiederkommen‹ ist einer der schönsten Existenzbeweise.

S. Fischer

fi 1-027825 / 1

Georges-Arthur Goldschmidt

Der Ausweg

Eine Erzählung

160 Seiten. Gebunden

Die autobiographische Erzählung »Der Ausweg« kreist um all das, was Georges-Arthur Goldschmidt ganzes Leben bestimmt und was die nicht versiegende Quelle seines literarischen Schaffens ist: das Dilemma des Verfolgten, der sich dafür schämt, überlebt zu haben. Aus diesem Dilemma hat aber Goldschmidt einen Ausweg gefunden: das Schreiben als absolute Notwendigkeit, sich seiner Existenz zu vergewissern.

Einen Ausweg sieht der heranwachsende Georges-Arthur auch in der körperlichen Züchtigung, die er im Internat in den Savoyer Alpen erfährt, wohin das Kind aus Nazideutschland geflohen ist. Dies setzt sein Dilemma jedoch auf tragische Weise fort: Die Strafe, die er sucht, weil er sich schämt, überlebt zu haben – wo doch so viele andere umgebracht wurden –, bekommt er mit den Schlägen. Aber die Schläge lösen körperliche Lust aus, der heranwachsende entdeckt seine Sexualität. Und dafür schämt er sich erneut. Also sehnt er wiederum die Schläge herbei.

Diesem Teufelskreis von Nicht-Sein-Dürfen, Überleben und Scham, Bestätigung seiner selbst und wieder Scham entkommt er im Schreiben. Goldschmidts Erzählung »Der Ausweg« ist ein literarisches Juwel eines der interessantesten Schriftsteller unserer Zeit.

fi 1-002209 / 1